草根三集

CAOGEN SAN JI

时代出版传媒股份有限公司
安 徽 文 艺 出 版 社

汤理真　1942 年 8 月出生。1963 年 8 月起在庐江县水利局工作十九年。其间参加舒庐干渠建设与国防工地建设，1977 年作为中国援助多哥农技组水利专家前往多哥援助。1982 年任副县长，1984 年于华中农业大学进修农业科技，1985 年由安徽省委组织部选派到福建省长乐县（今福州市长乐区）挂职学习，1987 年任庐江县常务副县长。1990 年任安徽省水利厅水政水资源处副处长，1992 年任安徽省机电排灌总站主任。1999 年退居二线后，任安徽江淮水利建设监理有限公司副总经理、总经理。2007 年公司换届，被选举为董事长兼总经理。

工作之余参与主编图书《水泵与泵站》《泵站工程经营管理》；组织编写培训教材《配电与变电》《电动机与起动设备》（由安徽科技出版社出版）；主持研制“GDR 电流加热烘干装置”获得国家知识产权局专利权。个人诗歌集《草根集》（2012 年）《草根续集》（2015 年）由安徽文艺出版社出版。

草根三集

CAOGEN SAN JI

汤理真◎著

时代出版传媒股份有限公司
安 徽 文 艺 出 版 社

图书在版编目（CIP）数据

草根三集/汤理真著.一合肥：安徽文艺出版社，2018.11（2023.4重印）
ISBN 978-7-5396-6332-6

Ⅰ．①草… Ⅱ．①汤… Ⅲ．①诗集－中国－当代
Ⅳ．①I227

中国版本图书馆CIP数据核字(2018)第062339号

出 版 人：姚 巍
责任编辑：宋晓津 成 怡 装帧设计：徐 睿

出版发行：安徽文艺出版社 www.awpub.com
地 址：合肥市翡翠路1118号 邮政编码：230071
营 销 部：(0551)63533889
印 制：阳谷毕升印务有限公司 (0635)6173567

开本：880×1230 1/32 印张：9.625 字数：150千字
版次：2018年11月第1版
印次：2023年4月第2次印刷
定价：39.80元

写在前面

诗词是中国传统文学的一种基本形式，是中华文化一大瑰宝，自古以来，深受广大人民群众的喜爱。我前半生与诗歌无缘，后半生对其产生了浓厚的兴趣，但是已经晚矣！

因为家境贫寒，我11岁才上小学。1957年下半年，考取固镇初级中学，只读两年(跃进班)就毕业了。接着，考取了安徽水利电力学校，学的是农水专业，是工科，从此我就喜爱了数学。1963年我毕业分配在庐江县水利局工作，水利业务忙得晕头转向。我1964年参加河海大学本科河川专业函授学习，1970年参加海军国防1400工地建设，1975年任庐江县水利局副局长，1977年参加中国援助多哥农技组任水利专家，1982年任副县长，1984年参加华中农大学习，补农业科技课，1985年被省委组织部选派到福建省长乐县(今福州市长乐区)挂职学习,1987年任庐江县常务副县长,1990年任水利厅水政处副处长,1992年任安徽省机电排灌总站主任。由于工作繁忙没有时间接触诗词,一直到1999年退居二线后,任安徽江淮水利建设监理有限公司副总经理、总经理,才有闲暇。

2007年公司换届,我被选举为董事长兼总经理。因为是草根企业,自已觅食,没有大树乘凉。有机会跑遍安徽江淮大地和外省一些地方,开拓监理市场。在庐江县许泽生同志鼓励下,我才忙里偷闲看了诗词的书,特别是《诗韵新编》。开始学习写点小诗。这叫半路出家吧!我把几年来写的小诗收集起来,汇集成册,取名《草根集》。

《草根集》有153首诗,安徽文艺出版社已于2012年12月30日印行。《草根续集》有271首诗,安徽文艺出版社已于2015年10月出版印行。现在又作600余首诗,汇集《草根三集》,以便请专家多给指点!

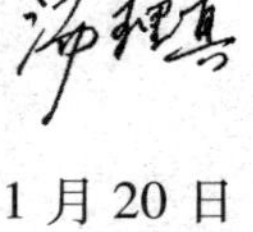

2017年11月20日

草根三集

目录

赞栽杉潮

我与夫人乐家芝，每次驱车游玩庐江县山区时，脑海常浮起20世纪70年代庐江县委带领人民大造杉木林的情景。全县近300个林场，每个林场有百千亩杉木林不等，老百姓称之为绿色银行，曾获得“全国造林先进县”美称。当年项凤林、孟富林两任县委书记功不可没。参观湖北省广济县，打破杉木不过江的传说，身先士卒，掀起大栽杉木高潮。

广袤潜川林木茂，空气新鲜景色姣。

杉木过江众人栽，众志成城掀高潮。

山清水秀风光好，绿色银行农民笑。

决策运筹计谋高，当年县委殊功劳。

庐城新貌

庐城新区是当年县委书记范络森同志和县长王民生同志运筹规划并开始建设的。2010年范络森升任巢湖市政协副主席，王民生任书记至今。庐城能有今天，他俩功不可没，尤其是王民生同志。庐城已是安徽省最好的县城之一，环巢湖大道已贯通，是合肥市名副其实的后花园，是旅游的好地方。

登山远眺两湖近，鸟瞰庐城面貌新。

运筹方显英雄色，敢搏赢来万木春。

注：两湖指移湖和黄陂湖，登山指登冶父山。

颂叶挺将军

安徽省泾县云岭是当年新四军军部所在地。我巡查水利工程，多次参观此圣地，每次都有颇丰的收获，对叶挺将军崇敬有加，似乎把我带到战火纷飞的年代。

身经百战立殊勋，灭敌攻坚称铁军。

舍己为公威不屈，全心全意为人民。

斥网络谣言

2012 年 8 月 8 日起，网络大造某县艳照门事件，直到 8 月 15 日，才真相大白。该县县委书记、县长、副县长是清白的。艳照与他们三人毫无关系。

一

网络谣言飞满天，诽谤中伤未停闲。

网络立法迫眉睫，健康有序尤关键。

二

身正不怕谣言传，真相大白还清廉。

贪官清官和谐难，历来清官从政艰。

三

县域大地面貌变，班子心汗藏里边。

人如浮云不留影，事似芳草香人间。

再叹被拍打的苍蝇

2002年本公司欲进某省水利监理市场，思想不纯的人，设置障碍，故意刁难。2012年8月27日，我巡查某市水利工程时得到消息，某省水利厅三位处长被检察院直接逮捕。我感慨颇多。

青山一道同雨霜，明月何曾是两乡。

位低权重脸变样，门槛布荆又设障。

身外之财亦笑纳，为民宗旨弃汪洋。

囹圄之灾终临头，只缘处事欠思量。

三叹被拍打的苍蝇

2013 年 1 月 10 日,传来某市原水利局局长被“双规”的消息,他曾任某县县长,后任某市水利局局长,市委组织部副部长兼任人事社保局局长。他因水利工程清淤受贿而被判刑,消息传来,我很震惊。

脚踩宁波象山动,宁海县城亦受惊。
金钱美女如虎猛,坐牢忏悔痛苦吟。
人生道路坎坷舛,安全到达真精英。
环境险恶何所惧,打铁还需自身硬。

忆乘游轮过三峡

1994 年排灌总站组织全省基层泵站负责人,参观三峡工程并到成都市参观泵站。途中有位游客说,此处风景最美,我举目望去,崇山峻岭,沟壑无数,他又说:此处正是鄂川交界处。我听后浮想联翩。

山峰叠嶂疑无路，水转湾回别有天。
两岸奇峰数不尽，常见瀑布流山涧。
群壑万里连荆楚，长江东流波浪翻。
船头入鄂尾留川，此处正是疆界线。

再赞吉隆沟

2013 年 8 月 8 日至 10 日，援藏干部及家属组队参观吉隆县吉隆沟风景区（中尼边界），这里海拔高度 2800 米左右，四季如春，确是个风景秀丽、适宜人居的好地方。吉隆沟两岸瀑布更是壮观美哉。

晴空万里碧蓝天，山峰叠嶂插云间。
峰巅皑雪覆盖全，山下翠林映眼帘。
诸多瀑布挂两边，飞流直下玉珠溅。
恰似银河甘露水，滋润中尼万顷田。

吉隆沟瀑布

2013 年 8 月 8 日至 10 日，援藏干部及家属组队参观吉隆县吉隆沟风景区(中尼边界)。这里海拔高度2800米左右,四季如春,确是个风景秀丽、适宜人居的好地方。吉隆沟两岸瀑布更是壮观美哉。

万里苍穹天碧蓝,吉隆瀑布飞眼前。

犹如银河奔腾水,激流直下击山岩。

九华佛学院

我巡查青阳县水利工程,顺便多次到九华山参观游玩。每次到佛学院游玩时,都能遇到小和尚在室内盘坐闭目背读经书,十分用功。

松竹掩映佛学院,香火缭绕大殿前。

云山深处空气鲜,沙弥盘坐捧经念。

“国际禁毒日”有感

1987年6月,在奥地利首都维也纳举行了联合国部长级禁毒国际会议。从1988年开始将每年的6月26日定为“国际禁毒日”,以引起世界各国对毒品问题的重视,同时号召全球人民共同来解决毒品问题。我国曾深受毒品危害,如今禁毒决心更大。

涉毒人员面遮纱，剥去画皮露真假。
失足青年迷鸦片，摧残神经数冰麻。
男盗女娼不觉耻，扰乱社会天不怕。
虎门禁毒树明镜，严惩重罚连根拔。

酷　　夏

2015年夏天，伏天40天，中伏全国高温，江淮地区尤甚，高温达38度，真是热浪滚滚。我与夫人仍坚持锻炼，觅健康。偶尔回庐江县看望老友，小憩新居，感到惬意舒畅。

酷夏热浪势头狂，空调室内顿清凉。
晨起轻装气功练，晚上漫步运动场。
上班处理急难事，偷闲上网写诗章。
偶偕夫人去庐江，新居小憩心舒畅。

夹山蕻樱花园

2015年3月25日，我到上海市长征医院复查，顺便到同济大学，看外孙和樱花。恰巧此时，我的老友庐江县民政局汪沛同志，用微信发来庐江县夹山蕻樱花的大量图片，引起我的回忆。

夹山蕻里樱花园，满山遍野真璀璨。
春风吹起落花瓣，碧空飞舞更娇艳。

渡槽竣工通水有感

2014 年 11 月，我公司中标安庆市花凉亭灌区拆建虎形潭渡槽工程监理服务。该工程是灌区的咽喉工程，2015 年 5 月底不能竣工通水，将影响几十万亩农田的灌溉。工期短，任务重，陈成林局长常莅临指导，徐曹松副局长及几位技术骨干常驻工地指挥、督查。工程参与者顽强拼搏，当地干群亦非常关注。

拆建渡槽虎形潭，任重期紧呈眼前。
业主运筹树典范，参建各方齐鏖战。
竣工通水喜讯传，农民跷指齐夸赞。
花亭湖水流不断，灌溉禾苗万顷田。

赞何敏敏

乐家芝的内侄媳妇何敏敏女士，现年 42 岁。大女儿已 14

岁，为了家庭和谐，为了大女儿有竞争环境和对手，执意要生个男婴。于2015年5月5日，如愿以偿，顺利产下男婴，全家皆大欢喜。

侄媳小何意志坚，亲朋好友跷指赞。
龙婴顺利来人间，阖家欢乐笑开颜。

“东方之星”沉船事件

2015年6月1日，“东方之星”豪华游轮载客458人，行至湖北省监利县长江段，突遇暴风雨，游轮翻船沉没。事件发生后，惊动党中央、国务院，全国人民都非常关注，余亦经常看电视播放的救援场面。

豪华游轮沉长江，惊动国人党中央。
习总书记严批示，克强总理现场忙。
不惜代价全力救，百姓观看心激荡。
“四个全面”放光芒，以人为本赢颂扬。

注：“四个全面”即全面建成小康社会、全面深化改革、全面依法治国、全面从严治党。

银屏牡丹传奇

早在20世纪70年代，我参加巢湖地区每年一度的防汛会议，总是能听到地区气象局的吴局长做常年天气预报的报告时，侃侃而谈银屏牡丹花开多少，预测今年雨水丰歉。出于好奇，每年4月，我都绕道去银屏山观看牡丹花开情况，印证吴局长之说。

银屏牡丹生悬崖，寒冬酷夏乐安家。
花开寡众知旱涝，天上人间称奇葩。

车行环湖大道遐想

2015年7月4日，我偕夫人乐家芝在乐暑东、蔡丽夫妇的陪同下，从合肥动身沿巢湖南岸庐江境内湖滨大道观光，遐想联翩。湖滨大道饱含本届县委心血和汗水。

环湖大道通庐江，花卉翠林植两旁。
紧邻巢湖听涛响，夏风轻吹稻花香。
昔日素有鱼米乡，今朝广袤更辉煌。
全县人民甚精壮，雄赳气昂奔小康。

四叹被拍打的苍蝇

2002 年我公司就进入某县水利监理市场，时刻遵守“三个控制质量关第一，按章办事守税法为先”宗旨办事。2015 年 6 月 10 日，某县检察院反贪局来本公司校对材料，方知某人交代，本公司行贿于他，纯是无稽之谈，子虚乌有，我听后非常气愤，作诗发感慨。

满口官腔冷面容，不学无术腹中空。
宴席似醉惹花柳，权力寻租尚用功。
反腐拍打小苍蝇，百姓跷指齐赞颂。
栽赃好人留骂名，清廉正气高歌行。

悼袁泽民同志

2015 年 6 月 20 日清晨，接袁泽民女儿袁晓华同志电话，方知袁泽民老县长不幸逝世，噩耗传来，我悲痛万分，他是我的良师益友。下午县政协办公室又通知我，袁泽民同志逝世的噩耗。6 月 23 日，我与夫人乐家芝从合肥赶到庐江县殡仪馆参加他的遗体告别仪式。

一

清晨电波噩耗传，良师益友飞西天。

勤廉终生是模范，来生相遇再同船。

二

潜川袁老人格秀，终生奋斗除民忧。

仁兄驾鹤飞天堂，碧空愁云漫漂游。

观舒庐干渠专题片有感

舒庐干渠工程是“文化大革命”的产物，是庐江县名副其实的水利大动脉，设计灌溉面积74万亩。在庐江县委王民生书记的高度重视下，县委宣传部牵头，精心组织，县广电局、县电视台、县水利局、干渠管理所等单位通力合作，挖掘整理，于2014年2月，制作《水利传奇》专题片和出版《长渠当歌》一书。我看后感慨万千。

舒庐干渠专题片，余看千遍不厌烦。

艰苦奋斗树典范，引来清波灌禾田。

昔日参战流血汗，今朝挖掘整理艰。

干渠精神再弘扬，潜川面貌又换颜。

老友相聚

2015年8月酷夏，我与夫人乐家芝驱车去庐江县城，中午陈龙长夫妇宴请，郭道银夫妇参加，席间畅谈往事，其乐无穷，酒后在庐城中心城的新居小憩。

金羊酷暑去庐城，老友相聚倍觉亲。
土菜馆里酒肴香，回忆往事情更浓。
漫谈官场奸与忠，社会腐败法难容。
晚辈勤廉尘不染，桑榆高歌夕阳红。

离泵站岗位抒怀

1998年省水利厅党组研究决定，我退居二线，顿感轻松，好景不长，老领导又要我从事水利工程监理工作至今。

雷电交加雨后晴，漫步大道观苍穹。
离岗方觉无官轻，振兴监理赴征程。
赞誉声中多自勉，几年耕耘事有成。
祈盼雄才接重任，排灌泵站新辉增。

贤妻退休之歌

我的夫人乐家芝是2005年退休的，时间过得真快，转眼到花甲之年。我们经常到外面旅游，坚持每天锻炼，深感健康重要。

苍天未欺满头霜，不觉花甲临夕阳。
老妪矍铄精神爽，无责身轻觅健康。

吴 长 庆

我在庐江县工作期间，多次到庐南沙湖山旁吴武壮祠堂。2014年5月7日，经王民生书记推荐，我在县委办公室张宇主任的陪同下，参观城里的吴长庆展馆。吴长庆是历史人物，庐江县南乡沙湖人。县委、县政府斥资，挖掘整理，展馆已初具规模。我参观时，赞叹不已，受益匪浅，使余浮想联翩。

沧桑百年武壮祠，风雨侵袭已破离。
莫怪"文革"扫旧砸，今朝翻建展新姿。
拯救"高丽"恩如山，用兵神速堪称奇。
潜川沙湖埋忠骨，中韩铭记辉煌史。

老友聚会感慨

2015 年 7 月 18 日，我参加铜陵县红旗泵站验收后，19 日应徐万福同志之邀，与林长生、葛群英、许长森、姚重年、陶定友、程宁、潮迎春等新朋老友聚餐，其乐无穷。

新朋老友徐总邀，铜陵聚会情绪高。
酒逢知己千杯少，开怀畅饮乐陶陶。

再赞舒庐干渠

舒庐干渠是庐江县水利大动脉，设计灌溉 74 万亩，有效灌溉 50 万亩，保证灌溉 30 万亩，为庐江县工农业生产和发展做出了巨大的贡献。

舒庐干渠美名传，艰苦奋斗鏖战篇。
千锤万凿劈岭山，人海战术冲洼填。
渠系建筑配套全，星罗棋布到田间。
心潮激荡情无限，喜看广袤米粮川。

云海奇景

2013 年 5 月 4 日，我与夫人乐家芝在刘玉清和曾庆霞的陪同下，游览张家界森林公园，观巅峰云海奇景。

浩瀚云海涛奔腾，翻江倒海波浪涌。

斧劈刀削万仞峰，潮中峰尖冒青松。

悼父母亲

1965 年父亲因患肺结核，无钱医治而逝世，享年 58 岁。2005 年母亲因摔重伤住进庐江县人民医院，经抢救无效逝世，享年 94 岁。同年的冬至，我率夫人乐家芝及子女护送母亲骨灰到灵璧县赵营庄与父亲合葬。每年清明我都要到坟前祭祀，以表达我对父母的怀念。

阴雨连绵又清明，严父慈母合墓茔。

父患结核无钱医，五十八岁西天行。

医高难治母重病，萱堂忽停唤儿声。

懿德犹存待人诚，常悟忠孝座右铭。

偏远农村贫家庭，娇儿磨砺事业成。

忆六月连阴雨

1963 年 6 月，淮北遇到连阴雨，有的田里小麦还没有收完，新种下的秋玉米和花生被水淹了，田里一片汪洋，呈现凄惨景象。我目睹此情此景，很悲伤，农民更是心急如焚。

阴雨连绵久淋漓，农民观天揪心急。
田里小麦熟未获，新禾弯腰受水欺。

春雨后的果树村

2015 年谷雨前，我与夫人乐家芝在乐曙东夫妇的陪同下，游玩庐江县汤池镇果树美好乡村，恰逢一场春雨过后，山村晚景更是美不胜收。

果树晚景色愈艳，村民安居乐开颜。
山花怒放蜂蝶跹，翠林深处鸟鸣绵。
采茶姑娘忙偷闲，山歌回荡伴琴弦。
更喜春雨洒人间，物阜民康丰收年。

华 老 庄

庐江县万山镇华老庄是夫人乐家芝的出生地，亦是我的大女儿汤晓红、二女儿汤咏琴的出生地。我经常光顾此地，印象深刻。近年庐江县委、县政府重点打造美好乡村，华老庄亦在其列，名不虚传，确实美极了。

美好乡村华老庄，松竹茶园满山岗。

花草多植别墅旁，门前涧溪水流淌。

七七事变联想

1937 年 7 月 7 日，是中华民族奋起抵抗日寇侵略的日子，每个中国人都不会忘记家仇国耻。2015 年 9 月 3 日是抗战胜利 70 周年，中国进行大阅兵，扬我国威。

八年抗战记心上，山河破碎日寇狂。

七七事变枪声响，全民奋起抗战忙。

神州大地摆战场，华人抵抗志气昂。

国共两党并肩战，降服小鬼弃东洋。

颂红旗泵站

2015年7月18日，我与汤咏琴参加铜陵县红旗泵站单位工程验收。该泵站装机275千瓦，是小型泵站，但是结构较复杂，深井排水，地基处理难。由于业主精心指挥，参建单位精心设计、精心施工、精心监理，该工程最终通过验收并被评为优良工程。

红旗泵站小，标准质量高。

参加单位俏，业主运筹妙。

情系排灌泵站

我在1990年9月，从庐江县政府调入省水利厅水政处工作。1992年4月调入省机电排灌总站工作。1996年水政处王瑞琛处长退休，又要我回水政处工作，我不从，原准备在总站干到退休。此举引起别人的猜疑，谣传总站发双份工资，怀疑我有经济问题，赖着不走，想捂盖子等不实之词。

铁血岂容诽谤侵，迎浪搏涛观浮沉。
无端猜疑随风去，寒冬日久见人心。
随波逐流余不从，常出谔言属本性。
脚踏实地做琐事，祈盼泵站面貌新。

民企创业歌

人生如梦如戏，亦是短暂的。在社会实践中，民企创业是艰难的，全靠自己努力和拼搏才能取得好的佳绩，在激烈竞争中，必须小心谨慎行事，又要大胆拼搏，稍不注意就会丧失机会和面临风险。

民企创业坎坷多，披荆斩棘放高歌。
毅力永葆敢拼搏，更爱大海击浪波。

七十年代春节

20 世纪 70 年代，我与乐家芝有大女儿汤晓红，二女儿汤咏琴，儿子汤砺锋。那时收入微薄，生活拮据，日子过得紧张且艰苦。每当春节临近，他们总非常高兴，喜出望外，因为有新衣裳穿，又有好吃的。

三个孩童盼过年，掐指计算剩几天。
撒娇要把新衣添，米糖只做小筐满。
票购鱼肉美味鲜，爆竹燃放笑开颜。
叩首祭祖孝为先，举家喜悦乐团圆。

读《汤氏家训》有感

2008年《灵璧县南汤氏家谱》编印完成，我参加汤氏家谱庆功大会。与会者人手一册，我如饥似渴地翻阅，特别是《汤氏家训》，我感受颇深。主编汤义民同志功不可没，我表示深深的谢意。

清正廉洁孝当先，《汤氏家训》世代传。
勤劳致富技拔尖，族人喜悦笑开颜。

赞“四个全面”战略

党的十八大以来，以习近平同志为核心的党中央从坚持和发展中国特色社会主义全局出发，提出了全面建成小康社会、全面深化改革、全面依法治国、全面从严治党的“四个全面”战略。

“四个全面”战略行，神州百姓尤欢迎。
法律面前人平等，依法治国真本领。
深化改革国平安，小康社会终建成。
从严治党民心赢，中华大地万马腾。

忆父母

从祖父、父亲到我，三辈单传。1957 年下半年我考取固镇初级中学，离家 35 公里。1959 年考取安徽水利电力学校，1963 年毕业被分配到庐江县水利局工作。每到春节前，奶奶、父亲、母亲都要到我家门前倚在大树上怅惘盼我归来，久站在门前落泪，望向庐江县方向。

一

少年负笈离家乡，父慈母爱挂心上。
可怜天下父母心，魂牵梦萦想儿郎。

二

清晨早起趁朝阳，久倚大树望南方。
思儿心酸落泪痕，强止别情心灵伤。

羡慕许老先生

许泽生同志是庐江县有名的大笔杆子，耄耋老翁尚耕耘不止，令人敬佩。在他的鼓励下，我开始学写诗，今又送我一本《金钩钓韵》诗集。我如饥似渴地阅读，受益匪浅。

羡君脑灵复心宽，盛世诗情赋笔端。
《金钩钓韵》藏血汗，理真拜读记心间。
忆昔遭陷路坎坷，风雨征程人磨炼。
尚有余晖多授传，培桃育李写诗篇。

谢许泽生同志

我是安徽省水利电力学校农水415班学生，从此喜爱数学，对诗词不感兴趣。我退居二线后，先后任安徽江淮水利建设监理有限公司副总经理、总经理，2007年公司换届，被选举为董事长兼总经理。因为是草根企业，所以自己觅食，有机会跑遍安徽江淮大地和外省一些地方，开拓监理市场，这才有写诗的题材。在庐江县许泽生同志的鼓励下，我才忙里偷闲看了诗词的书，特别是《诗韵新编》。开始学写点小诗。

六旬老翁未清闲，难得恒心写诗篇。
感谢许老为槐树，诗词与吾红线牵。

附：许泽生诗作

复汤理真同志

汤理真同志在《草根续集》中多次称："在许泽生同志的鼓励下，我才开始学写诗。"他还赋诗誉我，今我复以正之谢之。

诗书天外来，余读愧盈怀。
岂吾助吟力，君实富诗才。

赞庐江县中医院

2015年7月13日，正是三伏，头伏第一天。我与夫人乐家芝和二女儿汤咏琴，从合肥驱车去庐江县中医院，在钱小青副院长的陪同下，进行冬病夏治。前来求医的人摩肩接踵。该院集中西医于一身，有500多张床位，真是今非昔比。

酷暑烈日似火焰，驱车直达中医院。
冬病夏治人摩肩，医护优质服务全。
神州文明中医璨，中西结合功无边。
众志成城顽强搏，驰名省内攀峰巅。

赞消防官兵

2015 年 8 月 12 日深夜，天津滨海新区发生特大爆炸事故，爆炸威力巨大，损失惨重。党中央、国务院非常重视，调动消防官兵奔赴现场扑救。惊心动魄的抢救战的序幕拉开了。

天津爆炸国人忧，损失惨重冠神州。
冲锋陷阵消防兵，前仆后继灭火球。

知 足 乐

1963 年安徽省水利电力学校毕业，我从贫穷的灵璧县到庐江县水利局工作，后又到省水利厅排灌总站工作。几十年家庭和谐，幸福美满。从未有奢望，勤奋工作，从俭办事，是我的宗旨，知足常乐是我的信念。住总站宿舍知足也。

陋室

陋室窄小临南面,阳光充足满房间。
装饰精细显紫气,家电配置精又全。

知足乐

家庭和睦几十年,粗茶淡饭亦香甜。
金钱名利抛霄汉,知足常乐赛神仙。

聆听《绣金匾》歌有感

郭兰英演唱的陕北民歌《绣金匾》,听千遍不厌,更感到亲切,激起我对老一辈无产阶级革命家的无限崇敬与怀念。特别是周恩来总理,为人民服务鞠躬尽瘁,是中国历代领导人的楷模。

三位伟人名全球,聆听金匾潸泪流。
无私奉献毕生乐,勤廉风范誉神州。

新解弥勒佛

传说弥勒佛以超世间的忍辱大行于世,所谓:“大肚能容,容天下难容之事。开口便笑,笑世间可笑之人。”每座寺庙都有弥勒佛像,被唯识学派奉为鼻祖。其宏大的思想体系由无著菩萨、世亲菩萨阐释弘扬,深受中国大乘佛教大师支谦、道安和玄奘的推崇。

弥勒佛祖坐殿堂,笑口常开乐无疆。
难事容下忍衷肠,临危不惧大驾样。

叹 螃 蟹

江苏省阳澄湖大闸蟹,安徽省的沱湖大闸蟹身价都很高昂,价格不菲,这是人为虚假炒作。细细观察它横行霸道的一生,不论是在荷塘里还是在大江大河里,总是张牙舞爪,专欺负弱者,小鱼小虾是它的美食,它又是人们的美餐。

八足横行霸道狂,两只巨钳扑食忙。
口吐白沫不言语,两眼朝天欲称王。
弱小鱼虾喂它胖,今朝亦临惨下场。
锅水煮沸红袍穿,剥开硬壳肉美香。

耄耋抒怀

2015年8月5日,我已是73岁高龄,近80岁了,还为江淮水利建设监理公司服务,我感到欣慰。儿孙都还争气,遗传汤氏和乐氏的家风,诚孝双全,事业有成。

历经沧桑几十春,艰难求学忆犹新。
“左”倾思潮抛云霄,改革开放人奋进。
风霜磨砺意志坚,监理事业藏艰辛。
同堂三代天伦乐,子孝孙贤倍感亲。

贺许文忠喜结良缘

我的好友亦是邻居许文忠同志,夫人已去世多年,许文忠成为空巢老人。在众多亲朋好友及子女的关照下,他又找了个老伴,经常双双出入锻炼场所。

人生已换新面貌,花甲雎鸠老来俏。
情投意合不为晚,夕阳红艳更美好。

斥大骗子王林

王林大骗子是赫赫有名的“气功大师”，各种骗术糊弄了不少素质低下的“名人”和文艺“精英”。

别墅豪车竞奢华，行骗全国是行家。

囹圄之灾又临头，本性难改再枉法。

悼江显辉同志

2015年8月18日，江显辉同志逝世，享年78岁。江显辉住院期间，我与夫人乐家芝到医院看望他，逝世后我偕夫人乐家芝到其住地吊唁并参加遗体告别仪式，十分悲痛。他将全部心血献给基层教育事业，赢得人们的赞誉。

风雨沧桑几十年，艰苦基层执教鞭。

贤妻家庭受株连，雎鸠同洲苦甘甜。

雪霜严峻子磨炼，栋梁之材事业灿。

儿孙贤孝阖家欢，西天路上乐安然。

余与刘洋医生共祝

2015 年 1 月 8 日，我腰椎间盘突出发作，步履艰难，在省第二人民医院理疗科治疗八天，效果不明显。19 日转住上海市长征医院，骨科以袁文主任医师为首，刘洋教授主刀，梁磊主治医师参加的医疗团队，为我治疗，效果好。手术六个月后，康复很好，腰板硬朗如前。

华佗妙手病魔除，腰板硬朗钢钉筑。
短信寄语先言谢，祈盼家宴再庆祝。

羡王英亭

王英亭同志是安徽省机电排灌总站离休的老同志。他每天坚持在水利厅老干部处活动室练麻将，迎接省里的比赛。功夫不负有心人，他果然取得了好成绩，手捧奖状高兴得合不拢嘴。

耄耋老翁身体壮，活动室内练麻将。
持之以恒毅力强，手捧奖状心欢畅。

宴请虞浩梁同志

虞浩梁同志1982年合肥工业大学水利专业毕业，被分配在安徽省机电排灌总站工作，我与他共事几年，他是个求真务实的好同志。1995年随夫人到美国定居。2015年7月21日，从美国归来探亲，我在土菜馆设宴，并邀请龙斌、何平、方进、程堂顺、万会林、杨永生、朱志刚、程亮、甘卫国、任晓英、李旭红等老友或同学欢聚叙旧，其乐融融。

旅居美国浩梁归，老友欢聚笑声飞。
畅谈家事敞心扉，情深席间频碰杯。

贺贤妻康复

我与夫人乐家芝有到中国科学技术大学校园散步的习惯，那里风景秀丽、空气新鲜。春夏秋冬，风雨无阻，有益于身体健康。但是夏、秋天毒蚊很多，夫人被咬后皮肤肿痒难忍。在安徽省第二人民医院普外科治疗，高主任推荐刘洋主治医生负责，经七天治疗已痊愈。

科大校园毒蚊棒，偷咬贤妻欠商量。

手肿住院觅复康，家庭重担吾难当。

琐事缠身尤繁忙，自食其力餐不香。

技高妙手肿魔降，余又闲庭信步逛。

赞普外科

我与夫人乐家芝有到风景秀丽、空气新鲜的中国科学技术大学校园散步的习惯，春夏秋冬，风雨无阻。但是夏、秋天毒蚊很多，8 月 22 日，夫人被咬后皮肤红肿怪痒难忍。在安徽省第二人民医院普外科治疗，高主任推荐刘洋主治医生负责，经过七天治疗已痊愈。

皮肤红肿加怪痒，毒蚊偷袭别惊慌。

消炎祛敏方法强，七天治疗全消光。

庞家米饺店

2015 年 9 月 4 日，我巡查庐江县水利工程，夜宿中心城宿舍。早晨我与夫人乐家芝到老友庞氏米饺店就餐，就餐的人很多，生意兴隆。七点刚过，米饺已售完。

庐江庞家米饺店，生意兴隆人摩肩。

香脆实惠又新鲜，早晨七点全售完。

同学聚会灵城

2014 年 10 月 2 日，安徽水利电力学校农水 412 班同学在灵璧县聚会，我是农水 415 班的，应邀参加，陪他们参观虞姬墓和磬石园、现代农业科技馆和钟馗园，感受颇深。约定明年在六安市聚会。

水校学子聚灵城，互诉衷肠气氛浓。

聚会联谊第二届，满堂笑语话别情。

为人处世献良策，和邻睦友好家庭。

试看春风满人间，明年霍邱再相逢。

庐江县齐嘴村

2015 年 10 月 7 日，我与夫人乐家芝、二女儿汤咏琴，随张正炳老书记，在县政协主席夏明生同志的陪同下，参观庐江县的环湖大道，游览美好乡村齐嘴村，故地重游，农村发生的翻天覆地的变化，名不虚传。

巢湖岸畔齐嘴村，秀丽袁山姥山近。
气派别墅建筑群，村落整洁难见尘。
九龙攒珠创意新，广场歌舞人振奋。
男女老少笑相迎，我等喜悦慕农民。

秋景晚眺

2014 年深秋，我偕夫人乐家芝登万山镇的平顶山远眺西方，晚霞烧红半边天，青山变成赤山，景色壮观而瑰丽。

碧空彤云苍穹飘，秋山红遍景艳娇。
留恋夕阳遽离去，阳婆余晖更妖娆。

春天寄语

常言道：一年之计在于春，一天之计在于晨。青年人早起读书，妪叟早起锻炼，这是规律。每个人只有遵循这个规律，才能硕果累累，长命百岁。

明媚春天值千金，春夏秋冬春似锦。
昼夜时光贵在晨，叟童惜晨勤耕耘。

开宝马偷西瓜联想

安徽经视《第一时间》报道，一个黄头发男孩开宝马车到农民瓜田偷西瓜，被农民抓住，电视台曝光，我看后联想颇多。

媚富崇洋赶新潮，诸多青年变黄毛。
有钱摆阔开宝马，农民地里偷瓜笑。
吃喝嫖赌尚入门，国格家风信手抛。
青年教育任重远，家庭社会多操劳。

白云春毫茶

2015年5月8日，我偕夫人乐家芝又登庐江县东汤池镇二姑尖风景区游玩，品白云春毫茶散心，好不惬意。

白云春毫省名茶，云雾缭绕露新芽。
清香醇厚回味久，畅销神州传佳话。

赤壁之战

赤壁之战是《三国演义》中，孙吴联合抗曹的有名的战役。周瑜年轻气盛，对势力弱小的刘备不屑一顾，对诸葛亮更是轻视，勉强听信诸葛亮的计策，军师摇扇借东风，火烧战船，曹兵大败。从此才有孙刘联合抗曹之说。

百里曹营万旗飘，吴军见状六魂销。
长江暮夜东风起，全凭诸葛羽扇摇。
周郎心服计谋高，孙刘联合共抗曹。
火乘风势战船烧，曹兵溃败往北逃。

坐合福高铁

2015 年 7 月合肥至福州的高铁开通，沿途风景如画。它的走线基本是沿合肥到福州的原来的线路。技术发达，有不少地方隧洞相连，线路缩短很多。1985 年我在福建省长乐县(今福州市长乐区，下同)挂职，经常走此线路，印象深刻。同年 8 月我偕夫人乐家芝从合肥坐高铁去黄山游玩。

高铁如飞似闪电，村庄消失迎来山。

沿途风光无限美，游兴未尽已到站。

农家山庄

2015年9月我偕夫人乐家芝应农民朋友邀请，到庐城南福泉山游玩，中午在农民办的山庄就餐。山庄依山傍水，鸡鸭鱼全是现逮现宰现烧，美味无比。

福泉山下小饭店，依山傍水金地段。

店后翠林松竹掩，门前鱼塘起漪涟。

鸡鸭林地齐乱窜，佳肴美味又嫩鲜。

酒足饭饱复心宽，微醉漫步把家还。

同学聚会霍邱

2015年10月重阳节，1963届安徽省水利电力学校农水412班同学在霍邱县聚会。魏俊美、刘光远、邹怀然、马朝君、赵士瑶等同学积极热情。我是农水415班的，两班上大课经常在一起，感情胜似同班。几次聚会我都被邀请参加，感慨颇深。

十月霍邱秋色浓,水校学友步轻盈。
荆山脚下多怡乐,怀远艰难求学情。
过眼烟云几十春,模样常现梦中影。
世间冷暖随风去,妪叟对酒当歌咏。

庐城元宵节

2015年元宵佳节,我有幸在庐江县城度过。晚上偕夫人乐家芝漫步庐城宽敞的大街和各类的广场。所到之处,都是载歌载舞,一派升平盛世的景象。

庐江城里闹元宵,焰火满天缤纷飘。
广场歌舞人欢笑,升平盛世看今朝。

游八达岭长城

我偕夫人乐家芝多次去八达岭游览万里长城,在我国北方辽阔的土地上,东西横亘着一道绵延起伏、气势雄伟、长一万多里的长城。它是我国古代一项伟大的防御工程,它凝聚着我国古代人民的坚强毅力和高度智慧,体现了我国古代工程技术的非凡成就,也显示了中华民族的悠久历史。

横卧云中气势雄，千峦万峰托苍龙。
人民创造历史功，前仆后继修长城。
昔日御敌有奇用，今朝游人赏巨容。
世界遗产榜有名，维修保护任务重。

同学又聚会

2009年4月在合肥；2011年4月在滁州；2013年4月在合肥，我与康树栋同学牵头，组织安徽水校农水415班同学聚会。（该班是1959年秋天进校，1963年8月毕业的。）现在回想起来，趣味悠长。我退休（2002年）后，创办安徽江淮水利建设监理有限公司，2013年又成功创办土地规划设计部。

聚会

隔年春色光辉增，今朝同学又相逢。
离别两年音未变，心中珍怀学子情。

自勉

霜染两鬓银发蓬，桑榆晚景夕阳红。
暮年奋飞觅机遇，抢抓时机再立功。

情满泵站

1992年4月7日，我调入省机电排灌总站工作。我考察基层泵站，泵站职工给我戴“丐帮帮主”的桂冠。我就以此为由，争取泵站技改经费，使基层泵站职工有事做，严格控制总站进人并组织职工创收，增加福利，立志尽快抛掉“丐帮帮主”的帽子。

一

受命总站志气高，精心运筹细研讨。
严控编制多创收，泵站职工换新貌。

二

荣膺乞主引自豪，鞭策我等快马跑。
众志成城齐拼搏，乞丐桂冠抛云霄。

暮　年　乐

我在主持公司繁忙工作的同时，还偷闲看了关于诗词的书，特别是《诗韵新编》。半路出家，开始学写点小诗。更珍惜晚年时光，每天都在陋室琢磨推敲诗韵和对仗，此乐趣也。

慢步轻举疾走难，足显豪情腿欠健。
心欲力壮身懒软，举止昭示已暮年。
细察人生奋斗篇，满怀诗情赋笔端。
桑榆夕阳晚霞闪，琢磨韵律趣无边。

游黄浦江

2013年秋天，我偕夫人乐家芝到上海看望孙子大宝，下午带大宝坐快艇游黄浦江，大宝在艇上高兴无比，经常拍手叫好。我们真正享受天伦之乐。

黄浦江上驾艇游，乘风破浪显风流。
两岸楼云试比高，浦东新区胜几筹。

赞“九三”阅兵

1945年8月15日，是日本帝国主义第二次世界大战，战败投降的日子，到今日已有70年了。为了纪念伟大胜利的日子，2015年9月3日，北京举行盛大阅兵。

扬威

九三阅兵扬国威，高尖利剑海空飞。

整齐方队一模刻，雄赳气昂显雄伟。

惩罚

习总书记精指挥，万剑齐发目标摧。

安倍梦想卷土来，誓叫头破血流归。

赞微型党课演讲

2015年9月27日（农历八月十五），砺锋儿从西藏自治区日喀则市发来微信，上海第七批援藏干部欢聚一堂，进行微型党课演讲，很新颖且有创意，是过中秋的新方式，戴晶斌书记运筹得好。

八月十五月正圆，日喀则市璀璨闪。

上海援藏干部聚，微型党课演讲欢。

悼周维贵同志

周维贵同志是原巢县一中的高才生，保送西安交大，他要考清华大学，未能如愿。在交大被打成右倾，回乡劳动改造。曾配合我参加舒庐干渠建设和海军国防1400工地建设。后任庐江县地矿局副局长。我创办安徽江淮水利建设监理有限公司，他退休后毅然加入且成为主力。2015年9月23日，张小朴同志来公司办事，方知周维贵同志已逝世，引起我诸多回忆。

你我促膝畅谈深，感慨人生战友情。
风华正茂蒙冤屈，挫折低谷未消沉。
暴雨寒风潇洒沐，雨过天晴更精神。
祝君西天路走好，吾创佳绩慰魂灵。

再游巢湖

巢湖中的姥山风景秀丽，离庐江县齐嘴村最近，岸畔上的袁山与齐嘴村相邻，风景更美。从齐嘴村出发到袁山再到姥山，回齐嘴村，巢湖精华景点可全部游完。

湖山盛景游兴浓，烟波浩渺景物明。
姥山岛上风景秀，袁山翠林听鸟鸣。
湖上轻舟疾飞驰，击起碧涛浪千层。
岸畔齐嘴新村美，游人驻足难舍情。

送 草 莓

2013年五一放假三天，儿子、儿媳电话催我与乐家芝去上海过五一，我们婉言谢绝。孙子急电，要吃草莓，老伴急忙到市场买两筐草莓，坐高铁专程送到上海，真是隔代亲。

五一三天小假放，家家户户购物忙。
儿媳盛情多邀请，婉言拒绝欠商量。
家孙急电要草莓，妪叟匆忙买两筐。
心悦乘坐高铁送，娇孙见状眉飞扬。

挂职感慨

1985年我在福建省长乐县挂职学习时，邱仁魁是长乐县县长，是我的班长，邹宝官是县委副书记，陈和锬是副县长。在邱仁魁同志的支持下，庐江、长乐两县建立友好县。2007年6月，我与邱仁魁县长在合肥琥珀山庄见面，真是相见恨晚。我邀请他到庐江县看看、走走，他欣然同意。由于我与邱仁魁同志的建议，长乐县和庐江县于2007年9月又续签友好县协议。

长乐挂职学经验，返回潜川常思念。
仁魁宝官和锬贤，情义常在梦中现。
加深友好莫等闲，我等残年多建言。
沿海内地长补短，两地新任又续建。

送 花 情

2015 年 10 月 1 日，我与夫人乐家芝回庐江县，住中心城“行宫”。挚友陈世英同志送我们几盆自制花篮，技术精湛，诚心一片。

手巧心诚陈世英，精制鲜花栩如生。
陋室增辉添雅兴，感谢挚友送花情。

赞 宏 村

黟县宏村是有名的徽派建筑群落，早在 1991 年，我巡查水政工作，有机会参观过宏村。2002 年我从事监理工作，巡查水利工地，亦多次偕夫人乐家芝参观宏村。每次感受都有升华，百看不厌。

轻车慢驶到宏村，满目翠林陶醉人。

徽派建筑式样新，砖木石雕更入神。

清波流淌门前过，拱桥倒影显清粼。

规划布局费匠心，粉墙黛瓦尤销魂。

冬雾感慨

1998年水利厅党组研究决定以“班子不团结”为名让我退居二线。经老领导老同志推荐，我从事水利监理工作，走南闯北，业绩显著，利国利民利己，赢得人们的赞誉。

金秋刚过入初冬，晨起常见雾朦胧。

冷眼迎击风云变，晚霞烘托夕阳红。

屠呦呦获诺奖有感

2015年10月5日，瑞典发布消息，屠呦呦获得了诺贝尔奖。从报道材料看，她是个勤奋、敢谔言的人。人民网指出：“默默工作、不善交际、敢讲真话、贡献卓著的落选院士，涉嫌造假、擅长公关、有权有钱的却顺利当选，风光无限。”批判已经很深刻了。

诺奖得主屠女士,艰苦奋斗创佳绩。
禀性难移发谔词,院士无缘堪称奇。
墙内开花墙外紫,庸人嫉妒折桂枝。
体制创新虎添翼,科技栋材狂奔驰。

赞荷塘月色山庄

2015 年 10 月 7 日,我偕夫人乐家芝,在内侄乐曙东和内侄媳蔡丽的陪同下,驾车从合肥动身,经肥西、庐江、巢湖、肥东,回合肥,沿环湖大道一周。中午就餐于中庙附近的荷塘月色山庄。

荷塘月色绿山庄,巢湖鱼宴美味香。
游客接踵纷沓至,欢声笑语客满堂。

赠袁义教师

袁义同志是我的夫人乐家芝的姨老表。他在庐江县汤池镇基层学校执教几十年,从未有怨言,兢兢业业、勤勤恳恳地工作,敬业精神值得赞扬。9 月 10 日教师节以此诗赠之。

园丁基层执教艰，培桃育李春满园。

育人重教千秋业，呕心沥血苦亦甜。

夜　思

我1990年9月从庐江县政府调入省水利厅水政处工作。1992年4月调入省机电排灌总站工作。1996年水政处王瑞琛处长退休，又要我回水政处工作，我不从。原准备在总站干到退休，此举引起小人的猜疑。我离开泵站岗位，留下《泵站工程管理条例》没有实施，斜拉式潜水电泵、电流烘干装置没有推广，机电设备市场没有建成，《泵站工程经营管理》教材迟14年才出版，甚为遗憾。

春来冬去又一年，泵站岗位未清闲。

献身监理非憾事，排除万难意志坚。

晚云漫游天际边，心潮澎湃想联翩。

壮志未酬泵站篇，人生长河留遗憾。

慕　蜡　梅

寒冬腊月，我偕夫人乐家芝到大别山余脉脚下的汤池镇二姑尖附近游玩,偶见山坡有一棵蜡梅,据说,树龄有百年了。大雪纷飞,花开烂漫,真是迎风傲骨的典型,鄙人欣赏蜡梅的傲骨。

一

蜡梅傲骨坚拔挺,何惧严冬霸寒冷。
秉性喜欢漫天雪,迎风怒放耀彩虹。

二

不恋人间肥沃地,独占贫山阔舒适。
狂风枝摇干挺坚,三冬香飘山涧里。

冶父山牡丹园

2015 年 5 月我偕夫人乐家芝游玩庐江县冶父山风景区。区内有千亩牡丹园,花开烂漫绚丽,与有名的洛阳牡丹比,毫不逊色。

一

牡丹故乡洛阳城,南移庐江秀辉增。
天生丽质誉天下,浓妆淡抹蕴深情。

二

牡丹超群丽质颜,招引游人争相看。

冶父山景无限美，万紫千红牡丹园。

重 阳 节

2015年10月21日（九月九日）重阳节，我偕夫人乐家芝去庐江县游玩，登山远眺遥想，我退休后从事监理事业，深感艰难。暮年开始学作诗，抒发感情。现已作500余首诗，取名《草根集》由安徽文艺出版社出版发行。

历经风霜悟性高，重阳登高好远眺。
监理事业气象新，拼搏何惧路途遥。
扫清大海障碍礁，驾艇航行劈浪潮。
暮年引发诗性起，挥毫赋诗兴致豪。

婚 约 苑

2015年10月18日，星期日，我与夫人乐家芝在内侄乐曙东家提前过重阳节。下午游杏花公园，特别是婚约苑内，人头攒动，乐趣无穷。男女情况登在过塑的纸上，挂在红线上，供有情人查看、阅读、了解。

杏花公园面貌变，婚约苑内人头攒。

男女详情登名片，千里姻缘红线牵。

游台湾有感

2015年2月，水利厅老同志，以骆华英同志为首的几位女强人，到台湾观光旅游，我的夫人乐家芝，因我腰椎间盘突出手术，未能成行，感到遗憾。她们绘声绘色的讲解，给我很深的印象。

神州宝岛数台湾，热带风光美无限。

海峡两岸龙脉连，华人祈盼早团圆。

脱离华夏众人反，“台独”歹心须戳穿。

炎黄子孙齐参战，梦圆回归璀璨篇。

耳　顺　难

古语：五十知天命，六十耳顺，七十古来稀。我已经是七十四岁了，早就该耳顺了，但是遇到社会上许多怪事、怪现象，我还是不能耳顺，而是发感慨而后快。

六十耳顺实艰难，怒斥社会沉渣泛。
老翁惧听高阔论，更烦谎言飞满天。

赠书庐江县图书馆

2015年10月26日，我与夫人乐家芝送《草根集》《草根续集》《泵站工程经营管理》《水泵与泵站》《变电与配电》《电动机与启动设备》共500册，给庐江县图书馆。刚踏上乡土就倍感亲切，这是我工作过27年的地方，第二故乡一草一木的变化，都能引起我的兴趣和感慨。王友鹏局长、姚德云书记、程振玲馆长参加接收仪式。

赠书庐江图书馆，踏上路途情难掩。
细数同人几健在，多位战友飞西天。
送书六种五百卷，薄礼情深微奉献。
吾与庐江厚渊源，潜川巨变余心甜。

赞民营监理企业

2002年退休后，我在民营安徽江淮水利工程建设监理公司工作。我们在监理征途中遇到很多不公正的待遇，只有自勉。

时刻遵循“三个控制质量关第一,按章办事守税法为先”的宗旨,开展和壮大水利监理事业。

环境险恶人考验,排污除染正清源。
苍蝇爱撞洁白壁,斑蚊喜舞黑夜间。
三个控制严把关,按章办事纳税先。
面对不公多自勉,拼搏赢来监理璨。

赋诗感慨

2002 年退休后,我先后任安徽江淮水利建设监理有限公司副总经理、总经理。2007 年公司换届,我被选举为董事长兼总经理。因为是草根企业,自己觅食,有机会跑遍安徽江淮大地和外省诸多山川,开拓监理市场。有丰富的写诗的题材,我才忙里偷闲看了诗词的书,开始学作诗。

花甲之年正当时,豪情满怀学作诗。
神州山川题材丰,万里征程方开始。

赞顺风车

2015 年 11 月 1 日,星期日。我与夫人乐家芝都是古稀之人，到包河工行办理业务，等候多时，出租车都不停，疾走几里路才找到包河工行。办完业务，营业厅小齐同志在手机上，帮我安装顺风车软件，呼叫片刻，顺风车就来了，杨师傅态度和蔼可亲，很快就到了家，真是方便快捷。

初冬候车北风寒，出租车过不停站。
疾走数里身冒汗，腿疼腰酸步履艰。
安装顺风车软件，呼叫小车到面前。
快捷安全到地点，妪叟喜悦跷指赞。

建发电厂联想

魅力庐江网消息：2015年11月3日上午，神皖合肥庐江2台66万千瓦发电机组项目落户龙桥工业园区。消息传来，我非常振奋，龙桥工业园区不久将是钢城中心。

龙桥工业园区棒，水路直通金长江。
巨资兴建发电厂，能源保障好炼钢。
深挖罗河大铁矿，钢铁原料堆满仓。
齐心协力再奔骧，崭新钢城耀庐江。

看望罗怀瑗同志

2015 年 11 月 6 日，星期五，天气初冬如夏，我巡查环湖庐北大堤工程，夜宿庐江县中心城陋室。7 日气温骤降，上午冒寒风、踏泥泞、走曲径，看望九旬高龄的罗怀瑗同志。

气温骤降北风寒，看望挚友罗怀瑗。

九旬高龄仍康健，叙谈往事乐无边。

巧遇张老遗孀叶芝兰

2015 年 11 月 15 日，星期日，我去理发，巧遇张伯尧同志的遗孀叶芝兰。张伯尧同志是省排灌总站的离休干部，于今年逝世，年近九旬。谈到张老时，她泪流满面，痛哭流涕，可见他们感情之深，真是模范夫妻。

深巷汤姓理发店，清晨宾客已坐满。

巧遇遗孀叶芝兰，谈起张老泪花闪。

瘫痪病床十几年，精心护理未怠慢。

今日驾鹤飞西天，祈盼来生续姻缘。

赞赵磊同志

1992年4月7日，我从水利厅水政处调到省排灌总站工作。当时我对全省排灌泵站的情况是陌生的，赵磊同志非常支持我的工作。赵磊主动介绍情况，特别是在总站被骗180万元时，他能正确判断、理解，斩钉截铁地排除非议，是我名副其实的老大哥。

总站挚友赵老仙，默契配合密无间。
同事难得知己友，畅所欲言促膝谈。
顺境处事警钟敲，恶境挺身靠前站。
任劳任怨加实干，泵站灿烂藏君汗。

赴宴海之味酒店

2015年11月18日，我从合肥去马鞍山，在王其里、陶志岳陪同下，巡查博望区水利工程。应戴自明市长和庐江籍在马鞍山市工作的陈军同志之邀，就餐于湖西路上的海之味酒店。该店装修富丽堂皇，客人很多。我见到了当年庐江县人武部部长陈步超同志，感慨颇多。

湖西路边海之味，市长驾临骤生辉。
高朋满座迎远客，挚友畅饮酩酊醉。
病愈出差是首回，老友相见笑声飞。
忆起当年官场事，错用冤屈未气馁。

恩爱夫妻

我上班路过水利厅家属大院，常见到原水利厅医院的高方兰医生坐着轮椅，由老伴推着，两人笑容满面，显得幸福无比，真是模范夫妻，值得点赞。

妻坐轮椅老伴推，温馨话语笑声随。
夕阳晚霞无限好，夫妻恩爱苍天给。

冬　雪

2015年11月25日，强冷空气来袭，合肥迎来第一场中雪。电视报道皖南黄山、九华山等地大雪，满天空雾朦胧。朝阳出来照耀在积雪上，雪后天晴寒冷。

万里苍穹飘雪花,朦胧霜雾满天洒。

大地万物穿银纱,雪映朝阳寒冷霸。

赞培训班

2015年11月27日星期五,厅水利外资办在合肥市齐云山庄举办全省世行淮河洼地治理项目暨南水北调工程泵站运行维护管理培训班。我受聘为培训班讲泵站工程经营管理课,深感荣幸。在培训班我既见到了当年的老战友又结识了新的朋友。感谢史志刚主任和外资办的同志提供机会和平台。

雪后天晴北风寒,齐云山庄课堂暖。

基层泵站培训班,更新思维最关键。

中小泵站环境艰,撑起水利半边天。

同人顽强闯难关,谱写南水北调篇。

老伴颂

我与夫人乐家芝结婚近50年,她主内我主外。她是名副其实的家务书记,兼家庭银行行长。我只有在外奔波的份,也是有名的油瓶倒了都不扶的人,懒惰的名声在外。

相濡以沫心相连，唠叨絮语声音甜。
贤惠老妻尤勤俭，昼陪三餐夜伴眠。

赠 书 赋

2015 年 12 月 1 日，我和夫人乐家芝及二女儿汤咏琴前往安徽水利水电职业技术学院赠《草根续集》30 册给图书馆。上午在张焱书记、王强校长、何继馆长的陪同下，参观崭新的校园。如今的学校已是巢湖岸畔亮丽的风景线，看到这一切我很受感动。

迎风冒寒去母校，赠书礼薄弗足道。
张焱盛情好招待，开怀畅饮醉酕醄。
本是水利同路人，相逢激发豪情高。
艰辛往事莫回首，喜看校园崭新貌。

参观汴河风景区

2015 年 12 月 4 日，我与王其里顾问，在李玉宏局长的陪同下，参观汴河风景区。风景区设计规划合理，规模宏大，值得一看。

汴河水清波浪翻，名胜古迹矗岸畔。
楚汉鏖战垓下城，淮海战役起硝烟。
鞭打芦花启迪远，农民大泽揭竿战。
人造景点栩如生，皖北亮丽风景线。

祭　祀

2015年12月5日，冬至前，我巡查灵璧县汴河大桥工程，特地抽出时间回乡祭拜驾鹤西去的父母。他们辛苦一生，特别是父亲患肺化脓病，生活艰辛无钱医治，于1965年撒手人寰，离娇儿而去。

神情凝重墓地寻，悲痛细察父母坟。
二老驾鹤西天走，娇儿难忘养育恩。
坟前默哀念亲人，伤心潸泪冥钱焚。
双膝跪拜三叩首，热泪盈眶湿满襟。

赞庐江县党校

2015年12月14日，星期一。我在王勇生校长的陪同下，参观冶父山脚下县委新党校。环境优美，的确是党员干部读书、轮训的好地方。县党校有现在的规模和水平，县委王民生书记、王勇生副校长功不可没。

冶父山下党校建，环境优美空气鲜。
轮训党干好摇篮，建设庐江做贡献。

逛苏果超市

2015 年 12 月 20 日，星期日，我与夫人乐家芝到徽州大道边苏果超市闲逛。虽是寒冬腊月，但我们看见超市反季节的各种蔬菜瓜果极为丰富，应有尽有。

妪叟漫步菜市场，细听买卖人声嚷。
鸡鱼肉蛋果蔬鲜，品种繁多数百样。
明码标价公道祥，选中付钱装满筐。
购物人群接踵来，盛世繁荣购销旺。

夕　阳　乐

2015 年 12 月 1 日，我的好友王其里同志被聘为本公司的顾问。2016 年 7 月，我的大女婿陈海东被选拔任用为总经理。

公司有他们处理日常事务，我顿感轻松，于是有空常陪老妻买菜并坚持锻炼。

一

粗茶淡饭睡梦香，身轻无虑心舒畅。

常陪老妻逛菜场，坚持锻炼觅健康。

二

胸怀坦荡心地宽，体壮神清多保健。

三代同堂天伦乐，璀璨夕阳情无边。

雅　室　颂

2014年我们在庐江县中心城购买一套56平方米的住房，该房装修精致、典雅，居住舒适。我常在此与新朋老友聚会，谈诗论文，其乐无穷。

一

喜居雅室乐无边，南窗高卧思诗眠。

亲戚朋友常聚会，人生往事多叙谈。

二

新朋老友聚一堂，欢声笑语谈诗章。

海说神聊言适当，难得恒心赋诗狂。

谔 言 颂

我总结人生：谔谔之言不顺耳，但利于行；要怀着一颗善良的心对待家人和亲朋好友甚至平民百姓。我的这些行为，有的人理解，有的人不理解，那就让这些褒贬之言随风去吧，时间会检验对错的。

一

终生正直性刚强，风霜磨砺气轩昂。

胸中常怀惜民心，赤忱谔言含芳香。

二

胸怀若谷不惧压，刚谔怒指蜜嘴家。

耿直并非无情人，国难当头保华夏。

忆 探 险

1988年秋天，我决定寻找庐江县东顾山东边的老虎洞。传说从前有人误入洞中，惊慌失措中听到庐城港湾有人舂米的声音。我怀着好奇心，找了个农民带路，此番探险才成行。前往老虎洞的途中，杂草丛生，荆棘满路。

向导

自幼生长小山中，路径崎岖步轻盈。
暂借关公锋利刀，斩除荆棘曲径通。

收获

传说老虎常现身，亲临未见山君影。
洞狭遮蔽几个人，岂能通幽岗湾城？

清 廉 乐

我在庐江县从政8年，时刻牢记清廉从政，对子女生活要求严格，绝不允许他们有奢侈浪费高人一等的行为。我认为俭养德是真言。

清官常吃农家饭，权贵豪馔不足羡。
儿孙满堂笑声甜，廉洁平安阖家欢。

故 居 行

2015年12月21日，我偕夫人乐家芝到灵璧县赵营庄做冬至，祭拜先人，顺便看看故居。此行让我感受很深，家乡的青壮男女几乎都外出打工，只有儿童、妪叟在家。

徒步来到故居前，两层小楼映眼帘。
昔日旧貌已不见，今朝新容尚壮观。
农村别墅空闲多，青壮男女难遇见。
顽童蹦跳妪叟牵，父母打工好赚钱。

耄耋老人

2015年12月20日，星期日，我上班路过水利厅宿舍大院，偶见一位耄耋老人艰难行走在大院的路上，没有人陪同，他骨瘦如柴，甚是可怜。

双腿颤抖手拄杖，步履艰难身摇晃。
弯腰驼背面微黄，耄耋安全无保障。

赞平安夜晚会

2015年12月24日，庐江县基督教会在原庐江县大戏院举办平安夜晚会。因为有我儿汤砺锋的舅妈夏晓云的精彩节目，所以我和夫人乐家芝、亲家郜东生、亲家母王爱枝从合肥赶到庐江，观看演出，收获颇丰。

基督教徒心虔诚，处事接物为人忠。
自编节目甚新颖，平安晚会演技精。
圣诞老翁赠礼来，耶稣惠泽人间情。
“三自”政策记心中，凝聚诸方吾党用。

逛庐江县中心城

2016年1月8日，星期五，我偕夫人乐家芝从安庆市花亭湖回合肥。我们路过庐江县，住在陋室，晚上逛庐江县中心城。

五光十色中心城，男女老少逛街景。
高楼林立刺苍穹，岗湾老街无影踪。
琳琅满目商品丰，商贾生意甚兴隆。
金碧辉煌步行街，百姓拍手齐赞颂。

逛屯溪老街

2002年至2015年，我巡查黄山市（徽州）水利工地，多次抽出时间游览闻名中外的屯溪老街，感受徽派建筑的典雅，观赏民间高超的雕刻艺术一饱眼福，每次都有新的收获。

千岛湖水连徽州，屯溪盛景古式楼。

闲逛老街雅兴浓，砖木石雕满眼秀。

砀山春天

2014年4月，我巡查宿州市砀山县黎明河水利工地。巡查期间，夜宿砀山县小宾馆，抽空游玩砀山万亩梨花园盛景，行走于梨园之中，静坐在小河旁，感受大自然的美，我深感不虚此行。

一

梨花似雪竞怒放，万物喜春着绿装。

柔和春晖照大地，百鸟鸣舞春耕忙。

二

凝神安坐小河畔，无限春色满眼前。

翠柳细枝随风舞，梨花齐放耀砀山。

三

梨花银瓣满天飞，飘荡空中又折回。

引来蜂蝶乱飞舞，轻柔春风迎面吹。

雪梅争艳

2016年腊月庐江县普降暴雪，我偕夫人乐家芝应农民朋友张登全之邀，到福泉山脚下他的别墅做客。别墅周围种植诸多梅花，在大雪纷飞中盛开，甚是喜人。

暴雪纷飞梅花开，琼花傲气遇梅来。
寒艳清香溢四方，白雪暗自羞满怀。

赞九华物业

2016年1月22至24日，强冷空气来袭。合肥普降中雪，气温骤降到零下9度。我从水利厅宿舍大院到九华山庄，路很滑，上楼曲径更滑，物业破冰铺麻袋防滑，十分安全，我顿感温暖。

天寒地冻飘琼花，曲径行走脚底滑。
九华物业精策划，破冰铺袋好回家。

桑 梓 情

2016 年 1 月 27 日，我与二女儿汤咏琴驱车千里到灵璧县文化局赠《变电与配电》《电动机与启动设备》《泵站工程经营管理》《草根集》《草根续集》六种图书共 120 册。见到李长锋、朱加文、王晓黎副县长，水利局邱以和副局长等同志。县人大刘銮斌副主任重视此事，王从效局长安排举行简短赠书仪式并赠我一套《灵璧文化》丛书，我拜读后深感挖掘整理艰辛，此书给灵璧县增光添辉。

桑梓情深夕阳浓，归心似箭到灵城。

阔别故乡几十冬，孩童印象萦梦中。

人到暮年思乡频，千里赠书露真情。

灵璧文化底蕴厚，深挖整理传美名。

斥社会丑态

从 1993 年开始到 2012 年近 20 年时间，经济蓬勃发展，但是社会上出现不少不尽如人意的地方，需大力整治。正如胡锦涛同志曾指出的：我党面临精神懈怠（松懈懒惰）的危险，能力不足的危险，脱离群众的危险，消极腐败的危险。

名车豪宅赴琼筵，良心冰冷酷爱钱。

真假混淆难分辨，奸雄招摇亦装贤。

人重歪利生邪念，权大不束贪无厌。

沉渣泛滥正统染，千秋国粹需扬传。

喜　鹊

2013 年 2 月 25 日，我回祖籍灵璧县赵营庄参加堂侄汤雪丰的婚礼，前一天夜宿故居。清晨起来，看见几只花喜鹊在门前树梢鸣叫，验证了老年人的说法：喜鹊叫，有喜事来临。

喜鹊巧嘴树梢鸣，嗲声叽喳传佳音。

清晨人闻皆惊喜，喜临家门总是情。

小苍蝇丑态

中央反腐决心没有变，正在向基层延伸，深得民心。反腐直接关系到老百姓的身边事，亦备受老百姓的关注。小苍蝇听后，胆战心惊，丑恶嘴脸暴露无遗，东窗事发，丑态更是百出。

腹空官腔冷面容,豪宴畅饮醉酩酊。
对下跋扈扬淫威,行贿觅求备受宠。
搜刮民脂掠国银,挥霍无度乱横行。
从严治党剑出鞘,身陷囹圄哭失声。

农家菜园

庐江县农民朋友张登全同志住县城南福泉山脚下,两层别墅附近有几亩稻田,门前有几分地菜园,还有小鱼塘。客人至此,主人无须上街买菜,即可做出丰盛菜肴。

农家菜园畦葱茏,新谷春米仓满盈。
客至何愁下酒菜,塘鱼捉来可妙用。

耄耋老翁洗澡

2016年2月4日,春节前我到大浪淘沙浴池洗澡,见到一位耄耋老人(88岁)洗澡。两个儿子牵扶,缓慢进澡堂,儿子分外孝顺,照顾周全,服务人员亦乐于帮助,场景十分感人。

牵扶缓慢进澡堂，娇儿谨细护两旁。

耄耋老翁池中躺，面带微笑乐无疆。

搓背洗发周到详，孝顺男儿树榜样。

华夏美德多传扬，和谐社会福寿长。

游包公祠

我多次在春天游览荷花掩映下的包公祠。据传，包公与庞家的斗争激烈复杂，最终，浩然正气、铁面无私的包公取得胜利，千古流芳。

鲜艳荷莲映包祠，千古流芳多传奇。

环境险恶尘不染，吾党官员应看齐。

猴年春节

2016 年猴年春节，我儿子汤砺锋、儿媳王芳、孙子汤恭恪从上海回合肥过年。大外孙陈大成亦放假回合肥来我家，只有二外孙余小龙，因补习功课留在庐江县。猴年春节，其乐融融。

共庆猴年笑语欢，男女老少新衣添。

晚辈举杯敬长者，阖家团圆乐无边。

倾囊相赠压岁钱，娇孙见状笑眉展。

喜换桃符又一年，观看春晚竟废眠。

登雾顶山

在庐江县工作期间，庐江县山水，我几乎跑遍，唯有雾顶山未登，我决心补这一课，不留遗憾。1990 年 9 月我离开庐江县政府工作岗位前，在时任区委书记张劲同志的陪同下，登雾顶山。途中几位乡、村干部，相约结伴而行。登顶环顾，四周名胜古迹颇多，黄山寨、寨基山烘托雾顶山，自然形成风景区。当时情景历历在目，犹如昨天的事。

一

久闻雾顶山峰秀，临别徒步登山游。

沿途陪同几挚友，结伴缓行话不休。

二

西侧乌龙葬母坟，东麓石狮吼把门。

黄山寨内珠宝丰，寨基山巅曾布阵。

三

雾顶山上藏猛虎，朝阳升起奔驰骛。

风水宝地虎心地，安葬贵处万代福。

祖 国 颂

逐步实现中华民族的伟大复兴，就是国家富强、民族振兴、人民幸福。走中国特色的社会主义道路，坚持中国特色社会主义理论体系，弘扬民族精神，凝聚中国力量，狠抓“四个全面建设”，实现中国梦。

中华高铁全球连，喜看远航特色船。

“一带一路”共繁荣，五湖四海百业璨。

龙腾虎跃战犹酣，广袤神州再换颜。

“四个全面”辉煌篇，航天奔月全球羡。

祈盼建索道

2016年3月18日，我偕夫人乐家芝游冶父山风景区。我们很想再登冶父山巅，饱览风景区全貌和庐江城新貌，但是力不从心，只能望山兴叹。

耄耋老翁登山难，路径崎岖望兴叹。

祈盼峰峦索道建，乘车直上山峰巅。

游夹山蕻樱花园

2016年4月8日，我偕夫人乐家芝游庐江县夹山蕻樱花园。千亩樱花树，樱花盛开，绚丽耀眼，像红的海洋，美不胜收，是春天郊游的好地方。

满山遍野点缀红，恰似彤云映碧空。

千姿百态丽质美，抹脂搽粉露艳容。

柔和春风骤吹来，花瓣飞舞显轻盈。

东顾山景众人画，今朝县委运筹功。

赞无为县

合肥至福州的高铁通车，对长江岸边无为县经济发展有极大的促进，真是如虎添翼。无为县已成为长江岸畔的璀璨明珠，其中就有林绪文同志的心血和汗水。

长江翻腾似蛟龙，大桥飞架高铁通。
改革开放绣新景，江滨明珠无为城。

登黄鹤楼

1985年8月，由省委组织部选派，我到华中农业大学学习半年，补农业科技课，学习期间曾登黄鹤楼游玩。2013年5月，我与夫人乐家芝游武汉再登黄鹤楼，目睹武汉日新月异的变化，甚是振奋。

黄鹤楼尖刺云端，登高远眺环顾看。
目极万里晴空碧，耳闻汉水波浪言。
九省通衢交通枢，江城日新月异变。
长江奔腾归大海，龟蛇两山高铁连。

赞孟老主任

2016年3月16日，我与夫人乐家芝率二女儿汤咏琴给原省人大孟富林老主任(83岁)拜晚年。他是德高望重的老人，微信应用娴熟，我自叹不如，他是我永远学习的榜样。

德高望重孟老翁，言谈举止显轻松。
思维敏捷似当年，微信应用娴熟精。

游长冲谷

2016年3月18日，我与夫人乐家芝陪她的密友王玉梅同志游庐江县长冲谷。此谷是夫人乐家芝的老家所在地，满眼春天的气息，风景美不胜收，游人其乐无边。

春风柔和轻拂面，吹醒万物竞争艳。
长冲谷里花似锦，千峰万岭蓝天连。
盘旋公路沿岭转，山脚清泉流水潺。
游人如织纷沓至，疑是仙境落人间。

长冲谷春景

2016年3月18日。我与夫人乐家芝游长冲谷。青山滴翠，春风拂面，暖意浓浓，景色绚丽，给游人带来乐趣。

一

晴日寻芳长冲奔，无限春光焕然新。

春风吹得万物醒，万紫千红花似锦。

二

长冲谷景暖余心，春光明媚来登临。

青山绿水山川俏，风景秀丽诱人深。

赞油菜花

2016年3月18日，我与夫人乐家芝游长冲谷。农民朋友见缝插针，在别墅前后、岭上、岭下、溪边播种油菜花。此时油菜花盛开，景色绚丽，给游人带来乐趣。

不爱娇艳美红装，绣绘坡岭满眼黄。

装点广袤山川美，奉献人间烹饪香。

夜览大排档

2016年3月18日，我与夫人乐家芝去庐江县游玩，夜宿陋室。到处走走转转，偶见黄山路西边，满眼小餐馆、排档，很多农民朋友在此就餐,实惠又方便。

餐馆排档夜经营,盛情接待显神通。
百姓谈事餐桌中,价廉便民立新功。

春天夕阳长冲谷

2016年3月22日,我与夫人乐家芝在夕阳下游庐江县长冲谷。此谷是夫人乐家芝的老家所在地,满眼春天的气息,晚景美不胜收。

轿车缓慢进长冲,涧溪流水迎面风。
青山绿水空气清,翠竹摇摆微风中。
近看花丛鸟鸣舞,远闻茶山歌琴声。
晴空万里春光好,浩瀚苍穹夕阳红。

赞凌士营医生

2016年3月25日下午1:46轿车把老家的妹夫马秀照撞伤,暂住滨湖医院。26日夜11点钟转住省立医院南区脑外科。凌士营主任与李副主任研定治疗方案,经过精细检查,于27日进行脑外科手术，妹夫顺利、平安、康复出院。

轿车撞伤转省院，精细检查严把关。
准备充分周到全，严谨妙手除病患。
华佗仙术能回春，扁鹊功夫病愈痊。
清廉医德树风范，优质服务众人赞。

灵城新貌

2016年3月31日，我偕夫人乐家芝率大女儿汤晓红、二女儿汤咏琴到灵璧县给列祖列宗祭祀扫墓。时雨时晴，天气变化无常。故土难移，还经常想起故乡的一草一木。晚上商允福、王丛山同志设宴招待，与水利局邱以和副局长，剪纸艺术家、小学同学胡崇舜，原县政府办公室副主任关明和欢聚一堂。灵城能有今天辉煌，原县委书记唐庆明功不可没。

春风暖暖回故乡，桑梓处处大变样。
亲朋好友聚一堂，敞开心扉叙家常。
灵城整洁商贾昌，宽阔街道通四方。
全城展现新气象，皖北明珠放光芒。

故乡感怀

2016年3月31日，我与夫人乐家芝率大女儿汤晓红、二女儿汤咏琴到灵璧县给列祖列宗祭祀扫墓。故土难移，还经常想起故乡的一草一木。我眼见灵璧巨大变化，十分喜悦。

老翁清明回故乡，探亲访友祭祀忙。
喜见灵璧面貌新，由衷欣忭心欢畅。

砀山梨花

2016年4月1日，我与夫人乐家芝率大女儿汤晓红、二女儿汤咏琴到灵璧县赵营庄给列祖列宗祭祀，顺便参观砀山县梨花盛景。全县有50多万亩梨树，30多万亩桃树。宿州市水利设计院马主任、砀山县水利局邵华书记陪同参观，中午郑步存局长设宴。

故道

黄河故道曲蜿蜒，清泉泛起碧漪涟。
桃花梨花点缀美，故道蜕变盛景观。

观海台

高台观花人摩肩，极目环顾波浪翻。

千树万树梨花开，疑是东海淹砀山。

梨树王

梨王端坐海中央，精心打扮披红装。

众多梨树站立仰，花朵累累丰收旺。

坐飞机观花梦

2016 年 4 月 1 日，我与夫人乐家芝率大女儿汤晓红、二女儿汤咏琴到灵璧县赵营庄给列祖列宗扫墓祭祀，顺便参观砀山县梨花盛景。全县有 50 多万亩梨树，30 多万亩桃树。归来作“坐飞机观花”南柯梦，其乐无穷。

砀山酥梨名远扬，个大汁多甜又香。

花海中央良梨乡，诸多梨树似梨王。

今年观花别具样，乘坐飞机游览忙。

鸟瞰花海心激荡，尤似驾艇劈海浪。

招投标乱象

2016年4月8日，我赴怀宁县招投标中心办理入库手续，真是太烦琐，劳民伤财。圈内人告诉我，淮北市某个水利工程标，造价只有1900多万元，全国各地250多个企业参加，现场秩序大乱，动用警察维持秩序，开标三天才结束。我听后十分震惊。

披星戴月驾车行，长途跋涉脚不停。
投标现场弗安宁，环境复杂艰难赢。

参观杜甫草堂

2013年8月我前往日喀则，在成都停留中转，顺便参观杜甫草堂。草堂位于四川省成都市西门外的浣花溪畔，它完整地保留着清代重建时的格局。杜甫是位忧国忧民的诗人。

一

致君尧舜志未酬，国强民富梦难休。
社会动荡山河破，兵戈烽火内心忧。

二

孤身漂泊四海游，题材丰富赋诗秀。

昔日草堂今犹在，辉煌诗篇耀千秋。

夜　　宵

2016年4月，我巡查庐江县水利工地，几个谈友相约到黄山路上的大排档吃夜宵。春夜阵阵小风有点寒意，吃好后回到陋室，躺在床上没有入睡，回忆往事。

钟针正指夜零点，阵阵冷风吹面寒。

挚友相邀尝夜宵，银盘西斜始家还。

老友聚会

2016年4月17日，我与夫人乐家芝和邓永久同志应老友金传洲同志、金玉兰女士之邀，相聚于壹杯无渔家酒店。菜实惠且味道纯正，价廉物美。我们开怀畅饮，其乐无穷。

一

壹杯无渔家酒楼，老友相聚乐心头。

酒逢知己酕醄醉，席间絮语话不休。

二

亲朋好友胜兄弟，身轻无虑常相聚。

畅谈国事和家事，神仙生活内心喜。

赞邓永久

2016年4月19日，我与夫人乐家芝和邓永久夫妇陪同金传州夫妇到庐江县游玩。见到陈龙张夫妇、张宗明夫妇、许峰等同志，共进午宴、晚宴，欢聚一堂，气氛热烈友好。邓永久同志特别活跃，作诗赞之。

轿车疾驶到庐江，老友相聚话短长。

开怀畅饮情激昂，邓君雅量压群芳。

赞“两学一做”

2016年4月29日，中共安徽省机电排灌总站总支召开全体党员学习“两学一做”动员会，我认为非常重要。我参加会议很有感触，作诗记之。

“两学一做”光辉闪，先锋战士走在前。
全国人民齐奋战，誓叫中国梦实现。

看望王孝元

2016年5月1日，我与夫人乐家芝率乐曙东、蔡丽驱车环湖大道，到巢湖市看望王孝元老首长。他是国防1400工地庐江县民兵独立团团长，我是施工组组长（相当于参谋长）。见面后倍感亲切，情绪高涨，絮语不休。

一

五一城里轿车稀，环湖大道自驾密。
千里巢湖风光美，湿地游客甚拥挤。

二

战友相见泪盈眶，情系阚集建机场。
挖洞掩藏筑国防，红心只为保海疆。

赞 女 童

2016 年 5 月 8 日，我与夫人乐家芝在侄孙女张启明的陪同下，从合肥南站坐高铁到厦门游玩。在合肥南站候车厅见到美好的一幕。

合肥南站高阔大，站内设施自动化。
窗明几净地板洁，老少旅客皆爱它。
庸人慌张垃圾抛，女童捡起冷视他。
神州人民齐自重，中华美德传万家。

游厦门有感

2016 年 5 月 8 日，我与夫人乐家芝，由侄孙女张启明陪同，坐高铁到厦门参观游玩。1985 年我挂职长乐县锻炼，曾到厦门两次，本次游玩倍感亲切，收获颇丰。

一

风驰电掣到厦门，鼓浪屿边听涛音。
男女老少海滩玩，举家游玩更温馨。

二

隔海相望美台湾，躯体分离心相连。

全球华人齐拼搏，铸牢统一辉煌篇。

游鼓浪屿有感

2016年5月8日，我与夫人乐家芝在侄孙女张启明的陪同下，从合肥坐高铁到厦门。9日由导游小周带领游玩鼓浪屿，感受颇深，收获颇丰。

流星赶月来厦门，鼓浪屿岛余登临。

日光岩巅览全貌，万国建筑藏匠心。

郑成功像海滨建，眼望东方寓意深。

极目大海波浪翻，喜闻悠扬钢琴音。

赞老乡村饭店

2016年5月8日，我与夫人乐家芝在侄孙女张启明陪同下，从合肥坐高铁到厦门游玩。住莲秀路金晓宾馆。晚上就餐于老乡村酒店。酒店生意兴隆，服务好，饭菜味道纯正。

厦门饭店老乡村，物美价廉常更新。

游人慕名客满座，吃好喝足腿有劲。

坐游轮观光

2016年5月8日，我与夫人乐家芝在侄孙女张启明的陪同下，从合肥坐高铁到厦门。9日由导游小周带领，坐游轮海上观光，到金门列岛水域游玩，幸哉！

喜坐游轮好观光，迎风击涛劈风浪。

金门列岛风景好，两军共同保海疆。

赞陈嘉庚

2016年5月10日，我与夫人乐家芝由侄孙女张启明陪同，在导游小李的带领下游玩集美学村，感受颇深，收获颇丰。

艰苦奋斗出精英，华侨领袖陈嘉庚。

组织华工运输忙，支援抗战立伟功。

捐资办学树楷模，荣膺国人齐赞颂。

全球华人顽强搏，誓叫苍龙舞长空。

参观永定土楼

2016 年 5 月 11 日，我与夫人乐家芝在侄孙女张启明的陪同下，由导游小俞带领，游玩龙岩市永定土楼。感受颇深，收获颇丰。

赶路

千山万壑峰叠嶂，盘旋公路云天上。

涧溪泉水细流淌，松竹掩映小山庄。

土楼王

永定土楼名远扬，建筑设计另类样。

不远万里来观赏，足见当年更辉煌。

赠书长乐图书馆

2016 年 5 月 8 日，我与夫人乐家芝在侄孙女张启明的陪同下，从合肥坐高铁到厦门游玩。12 日到我曾经挂职锻炼过的长乐市，赠书给图书馆。文化科技局陈仁嵩局长、林彬书记，图书馆李文挺馆长，热情接待，安排简朴的赠书仪式。见到邱仁魁老书记，福州市组织部程小马常务副部长，长乐市副市长曾志云，组织部陈新副部长。故地重游，引起我诸多的回忆。

一

三十年前记忆深，书香长乐留足印。

用脑用手勤奋学，全心全意授真经。

二

千里赠书长乐来，新朋老友乐开怀。

海滨明珠璀璨闪，喜悦心情难掩盖。

三

海滨沙滩乐游玩，瞭望宝岛美台湾。

同是骨肉一家亲，两岸统一华夏欢。

登镇海楼

2016年5月13日，我与夫人乐家芝由侄孙女张启明陪同，在程小马副部长、庐江老乡丁守法的悉心安排和引导下，游玩福州市的镇海楼。

老翁攀登镇海楼，饱览福州景色秀。

海说神聊多传奇，台风遇楼避让走。

参观三坊七巷

2016年5月13日，我与夫人乐家芝在侄孙女张启明的陪同下，由福州市委组织部程小马常务副部长、安徽老乡丁守法同志悉心安排并引导，游玩福州市的镇海楼，夜宿三坊七巷内聚春园驿站。

三坊七巷闽派创，显贵达人居中央。

昔日贫民禁足地，今朝游人参观忙。

赞珠游溪治理工程

2016年5月23日，我与王其里同志，坐动车到三门县。在罗海金总监、汤英明监理工程师的陪同下，巡查珠游溪治理工程，该工程质量好，荣获业主好评。

乘车来到三门县，巡查工地未怠慢。

珠游溪河质量佳，县域亮丽闪光点。

重游石浦港

2016年5月24日,我与王其里和罗海金两位同志,从三门到象山县巡查水利工地,顺便游玩石浦港。金石海塘是本公司监理的,曾获得甬江杯,本次来游倍感亲切。驾艇到本公司监理的海塘,见诸多海军设施。

故地重游心舒畅,日新月异石浦港。
驾艇劈浪海中航,瞬间抵达大海塘。
严把安全进度抢,百年大计控质量。
海军基地洞里藏,铜墙铁壁保海疆。

水利工程监理感慨

我从事监理工作十几年,经常巡查工地,接触广泛。听到有关监理、施工、设计很多话题,且深有感受。长江干堤防渗系数比安徽滁河干堤防渗系数大100倍。来安县车冲水库混凝土防渗墙防渗系数i误认为1,亦有10倍之差。

设计精英粗心画,质量控制难度大。
上级派员严稽查,监理委屈被训话。

宁波聚会有感

2016 年 5 月 25 日，我与王其里、罗海金两位同志到宁波市拜访薛琨副局长、叶荣斌主任、肖贺高工三位皖籍老乡。晚上就餐于舟山海鲜大排档酒店，气氛热烈。

舟山海鲜大排档，货真价实美味香。
皖籍老乡乐相聚，开怀畅饮显雅量。
薛琨荣斌人豪爽，军人作风未变样。
昔日忠心保海疆，今朝地方创辉煌。

拜访赵晓夫

2016 年 5 月 26 日，我与王其里、罗海金两位同志驾车从宁波到台州拜访赵晓夫局长。晚上就餐于土菜馆，席间叙述别后故事不休。

驾车急驶到台州，好友相见喜心头。
别后故事各自多，席间话语叙不休。

晨练绣溪公园

2016年6月3日，星期五，我巡查庐北大圩工程，细雨蒙蒙，夜宿庐江县中心城陋室。4日清晨朝阳东升，云开雾散，晴空万里，我与夫人乐家芝晨练于绣溪公园有感。

旭日升起云雾散，绣溪公园空气鲜。
市民缓步接踵来，伸腰摆腿忙锻炼。
妪叟漫步曲径走，青年疾走跑得欢。
庐城建成宜居地，百姓健康逾百年。

端　午　节

2016年6月9日是端午节（阴历五月初五），放假三天。据说，屈原晚年在洞庭湖流域长期过着流放生活，眼看祖国日益衰弱，即将被秦灭亡，自己报效祖国的抱负不得施展，忧心似焚，写了大量抒发忧愤的爱国诗作，最后在绝望中投汨罗江自杀。此后，每年端午节民间划龙船、包粽子、插艾条，以示纪念他。

艾粽飘香划龙船，千年传闻悼屈原。
汨罗江水翻滚流，岂能洗清忠臣冤？

送子参军

1987年至1990年，我是常务副县长，分管征兵工作，陈步超是县人武部部长，我俩是黄金搭档。每年征兵时，青年踊跃报名参军，现在回想起来，父母送儿子当兵的情景，历历在目：父母对儿子再三嘱咐、依依惜别，场面十分感人。

垂泪惜别千里奔，祈盼早日报党恩。
日后冷暖多用心，艰苦奋斗属本分。
加强训练学本领，强军路上称功臣。
铁血男儿凌云志，甘洒热血铸军魂。

淮南相聚

2016年6月13日，我与王其里、陈海东到淮南市巡查工地并商谈监理事宜。有幸与原淮南市副书记杨映松（已八旬）、副市长王润泽（近八旬），现水利局副局长朱志福，储运仓库王勇、屯头泵站何海斌等同志共进午餐，大家开怀畅饮，其乐融融。

淮南相聚早向往，开怀畅饮露雅量。
耄耋老翁精神爽，暮年豪饮傲群芳。

赞永幸河灌区

淮南市凤台县永幸河灌区55万亩，实现网络自动化，是全省水利的典范，是淮河岸畔璀璨的明珠。6月13日，我见到原副市长王润泽同志，谈到永幸河灌区，我俩仍动情不已，引起诸多的回忆。

淮畔明珠多绚烂，灌排自如人胜天。
田园风光无限好，广袤灌区稻浪翻。
遥测遥控自动化，域内实况银屏现。
田方林网美如画，灌区亮丽省领先。

赋　诗　乐

我从事监理工作，经常巡查工地，丰富了写诗的题材。《草根集》173首、《草根续集》271首共444首诗已由安徽文艺出版社出版，《草根三集》又作近600首诗等待出版。写诗其乐无穷。有人建议在千首诗中锤炼百首精品以惊人，我不以为然。有人说诗前导语是创新曲，我甚为欣慰。

一

神州大地山川秀，赋诗题材到处有。

跋山涉水乐搜集，琢磨诗句从未休。

二

学诗未有惊人句，只为消磨时光需。

谢绝高人来指点，诗前导语创新曲。

临泉之行

2016年6月23日，我与陈海东总经理到临泉县水务局，参加饮水工程开工动员会并签订监理合同。见到水务局郭振华副局长和陈敏、王兴华、李进才等水利同人。市容市貌变化很大，我为临泉水利事业发展而兴奋。

人口大县数临泉，狠杀“四风”走在前。

环境恶劣多改变，处理事宜按章办。

赤胆忠心做贡献，迎来水利大发展。

喜看同人顽强搏，誓叫旧貌换新颜。

饮屠苏酒

从2014年开始,我与夫人乐家芝在家,中午、晚上对饮两杯药酒,从不间断。我俩原是高血压,现在正常了,值得庆贺。

妪叟对坐屠苏饮,相伴偕老待如宾。
儿女烦事抛脑后,健康长寿才是金。

同学情深

1959年秋天,我与张敏昌成为安徽省水利电力学校农水415班的同学,因家境贫寒结成友谊。1963年我俩被分配在庐江县水利局工作,共事多年。退休后,我从事水利监理工作,他是公司的总工程师、总监理工程师,我俩又并肩战斗多年,赢得同行们的赞扬。

铭记当年"浮夸风",艰难求学路上逢。
偷煮野菜充饥腹,相互关照结友情。
环境恶劣何足惧,励志永做水利兵。
古稀仍创监理业,赢得同人赞誉声。

盼 儿 归

1977 年至 1979 年，我有幸参加中国援助多哥农技组，任水利专家。临行前，时任庐江县委书记孟富林同志派 212 吉普车送我回灵璧县赵营庄，看望 92 岁祖母和 66 岁母亲，场面感人。回来后方知祖母哭瞎了眼，母亲整天泪流不止，盼儿归心切。2016 年 6 月 26 日，我在办公室回忆从前，往事历历在目，让我动情不已。

一

儿赴多哥两年归，走时二老心欲碎。
临别三人满襟泪，祈祷安全早日回。

二

慢步常唤儿声悲，依树呆望雁南飞。
愿儿奋斗丹心献，早归虔敬报春晖。

午 觉 歌

我几十年如一日地坚持，吃过午饭后，按常规刷牙，休息片刻，然后午睡，时间有长有短，醒来精神饱满，工作起来感到轻松愉快。神仙生活不过如此。建议青年人亦应学习。

午餐过后细刷牙,小憩片刻即睡下。

午觉醒来精神爽,勤奋敬业员工夸。

援　藏　情

2016年6月22日,上海第七批68名援藏干部圆满完成任务,凯旋。我儿子汤砺锋是其中一员,我与夫人乐家芝经常观看他离开日喀则时的微信视频,激动不已,感慨万千。

雪域高原珠峰美,三年援藏硕果累。

依依惜别情难舍,欢歌笑语碧空飞。

访　挚　友

2015年重阳节,我拜访马献成同学,回忆起在那激情燃烧的岁月、火红的年代,我与马献成结下的友谊。如今我是古稀之人,他是耄耋之人,仍然经常来往,畅谈家事,眉飞色舞。我们都认为儿孙孝顺、家庭和睦、身体健康是最大的幸福。

平淡

人间是非随风去,往事微痕引思绪。

荣华富贵少追求,笑谈我辈无壮举。

洪福

退休身轻互光顾，家庭琐事常倾诉。

身体健康是本钱，儿孙孝敬大洪福。

赞孔德发

2016年7月4日，儿子汤砺锋援藏归来，到合肥看望我与乐家芝。我们在众生酒店设宴招待前来欢迎他的亲朋好友乐建明、陈海东、孔德发夫妇、乐曙东夫妇、乐文生、乐庆生等，其中最活跃的数孔德发同志，令人印象深刻。

亲友相聚众生馆，开怀酣饮满桌欢。

德发豪爽压群芳，凌云壮志宏图展。

军旅磨炼几十年，转业地方做贡献。

清廉退休再奋战，辉煌璀璨耀明天。

春天竹园

我的农民朋友张登权家，小别墅的旁边有一竹园。春天用尼龙绳扎篱笆围起来，阻断行人到竹园玩，怕影响竹笋生长，真是用心良苦。

园内春笋茁壮生，篱笆围掩阻人行。

客至意欲观竹景，谅解恕吾未邀请。

赞抗洪抢险

2016年7月8日，巢湖中庙水位12.74米，超保证水位0.74米。在防汛办公室见到县委书记吴劲、县长王连贵等同志，严阵以待，亲临一线，坐镇指挥。全县众志成城，严防死守，立下了人在堤在的决心，确保水库、圩堤的安全。

暴雨肆虐庐江县，水库圩堤皆露险。

抗洪抢险命令颁，先锋战士冲在前。

巡查排险战犹酣，众志成城前沿战。

潜川儿女多壮志，鏖战洪魔保家园。

忆 往 事

我艰难困苦的求学路，给我留下很深的阴影，晚年常做梦回忆此间的往事。

银盘西斜照窗纱,独坐案头思无涯。

夜长常做南柯梦,往事伤痕心头挂。

俄罗斯之旅

2016年7月20日至25日,我与夫人乐家芝和内弟媳夏云女士跟团从上海浦东机场飞往俄罗斯旅游。国内导游信学军全程陪同,安排周到有序,全团24人大家庭,欢声笑语,其乐无穷。

浦东红场银燕连,异国风光映眼帘。

欧派建筑辉煌璨,饱览眼福凯旋还。

谢尔盖耶夫小镇

2016年7月,我与夫人乐家芝和内弟媳夏云女士跟团前往俄罗斯旅游,21日在国内导游信学军的陪同下,由莫斯科导游带领,游玩谢尔盖耶夫小镇。

大客行驶公路上,广袤大地披绿装。

人烟稀少尚堵车,缓慢抵达小镇庄。

东正教徒迁居地,虔诚跪拜慨而慷。

参观华人纷沓至，中俄友谊万年长。

游圣彼得堡有感

2016年7月23日，我们在国内导游信学军的陪同下，由圣彼得堡导游带领，游玩圣彼得堡市名胜古迹。

圣彼得堡盛名扬，宫殿金碧真辉煌。
沙皇肖像立广场，星罗棋布大教堂。
雄伟海军司令部，涅瓦河水翻波浪。
全球游人来观赏，足见当年沙俄狂。

坐游轮玩涅瓦河

7月24日，我们在国内导游信学军的陪同下，由圣彼得堡导游带领，坐游轮游玩涅瓦河，饱览涅瓦河风光并观看游艇上的歌舞表演。

涅瓦河水波浪翻，游艇劈浪驶向前。
远眺金色大教堂，近观岸畔风光闪。
民族歌声多嘹亮，风情美女舞蹁跹。

香槟美酒绵柔甜，伏特加酒更醇酣。

游 夏 宫

2016年7月24日，我们在国内导游信学军的陪同下，由圣彼得堡导游带领，游玩圣彼得堡的夏宫。夏宫是沙俄时期的皇家公园，占地1500公顷，紧邻波罗的海，风景秀丽，空气清新。

夏宫位于浩海畔，万亩园林空气鲜。
欧派建筑位中间，金色教堂立两边。
远眺碧海波浪翻，近观游客多摩肩。
今朝大家美景览，昔日大帝做贡献。

赞湖畔小饭庄

2016年7月23日，我们在国内导游信学军的陪同下，由圣彼得堡导游带领，参观拉脱加湖，就餐于湖畔小木屋饭庄，这餐饭别有风味。

湖畔翠林木饭庄，造型精致别具样。
木炭烤鱼美味香，迎来游客细品尝。

游　红　场

2016 年 7 月 25 日，我们在国内导游信学军的陪同下，由莫斯科导游带领，游玩莫斯科市的红场，红场的景色让我浮想联翩。

莫斯科市阔红场，胜利阅兵多雄壮。

新式武器齐亮相，世界和平有保障。

游克里姆林宫

2016 年 7 月 25 日，我们在国内导游信学军的陪同下，由莫斯科导游带领，参观克里姆林宫。据说如果运气好的话能见到普京总统。

中枢克里姆林宫，历届总统在办公。

游客进入好参观，运好巧遇大总统。

赞俄罗斯之旅

2016 年 7 月 19 日，我与夫人乐家芝和内弟媳夏云女士跟团前往俄罗斯旅游。我们在国内导游信学军的陪同下，由当地导游带领，游玩俄罗斯有代表性的景点和名胜古迹，7 月 26 日，旅程圆满结束，胜利而归。

本次旅游服务全，生动讲解声音甜。
安全准时到地点，游客喜悦跷指赞。

钟爱水利

我于 1963 年从安徽省水利电力学校农水专业毕业后，分配在庐江县水利局工作了 19 年。1982 年升任分管农业的副县长，1987 年任常务副县长，8 年官场生活，让我很不适应。1990 年我调入省水利厅水政处，1992 年又调入排灌总站工作。2002 年退休后我仍在从事水利监理工作。干了一辈子水利工作，我人生感慨颇多。

八年官场难适应，回首水利入梦频。
圆滑诺诺享红运，耿直谔谔难通行。
愁闻假大空长篇，闷见官员两面人。
钟爱水利务本业，泵站事业有三春。

巡查工地

我从事监理工作始于2000年。2002年安徽江淮水利建设监理有限公司重组,我与王瑞琛牵头组建,并于2007年由水利部批准为水利工程甲级监理单位。本着对水利事业负责的态度,我经常巡查工地严抓质量,多年工作下来感慨颇多。

老夫常发壮年狂,巡查工地游四方。
唠叨絮语常叮嘱,工程质量必保障。

自画像

当年在庐江县委开小车的张师傅对子女要求很严,经常训斥、打骂儿女。退休后,孙坐小车他推着,笑容满面,其乐融融。我见状很不理解,误认为他精神有问题,把情况向王连海老书记说了。老书记拍拍我的肩膀说,你小汤到时亦是这样的。现在我体会深切,我对孙辈宠溺的行为有过之而无不及。

当年对儿面孔严,如今见孙笑开颜。
自问为何脸变样,人间规律世代传。

暴 雨 颂

2013年7月，高温肆虐江淮大地，庐江县山区受灾严重，久旱不雨，万物没精打采。一日，暴雨来袭，人们欢呼跳跃。我与夫人乐家芝恰巧回长冲谷老家，喜见如此欢欣一幕。

近观野草涧边生，侧耳树林无鸟鸣。
山雨欲来风先行，天空传来雷声隆。
暴雨袭来风骤急，伴随人们欢笑声。
万物沐浴空气鲜，山川大地面貌新。

赞省二院康复科

安徽省第二人民医院，是由水利厅附属医院和铁路医院合并而成的，我一直在该院康复科进行治疗。康复科以姜丹主任为首、李彬医生为辅的康复队伍，技术精湛，医护服务态度好，令入住者心情舒畅。

康复科里藏精英，扎针无感已完成。

医护查房话语轻，态度和蔼笑面容。

精湛技术除病痛，白衣天使立殊功。

医院简朴治愈病，赢得人们赞誉声。

赞防汛抗洪

2016年7月8日，巢湖中庙水位达12.74米，超保证水位0.74米。我巡查庐北大圩，走在堤顶上，看见每隔1公里左右就有防汛岗棚，昼夜值班。全线干部群众众志成城，严防死守，下定人在堤在的决心，确保圩堤的安全。

防汛岗棚有序搭，昼夜奋战精神佳。

人在堤在决心大，战胜洪魔乐开花。

表弟聚会

2016年秋天，我与表弟胡业友对饮谈心。酒后我很快入睡，梦中我回故乡，见到孩童时代的好友。一阵秋雨把我惊醒，往事件件又绕心灵，让我久久不能入睡。

月亮偏西光照庭，夜深秋雨梦惊醒。
忆起童年烦琐事，旧事伤痕绕心灵。
往日孩童已成人，昔年同龄多凋零。
明天又要依惜别，愁思何年再相逢。

训 懒 汉

春回大地，万物复苏，生机勃勃，农民正在准备春耕。但是有个好吃懒做的人，还慢悠悠地沉浸在春节的气氛中，老人见状就训斥他，场景有趣。此事过去数年，至今我记忆犹新。

春回大地释暖意，小草树木早已知。
农夫精心备耕忙，训斥懒汉需看齐。

长 冲 河

长冲谷里华老庄门前是长冲河，整治后植树，枝繁叶茂，形成天然的屏障，岸畔建长廊和塑胶跑道，坐在此处读书消闲，甚是惬意。此处是块宝地矣。

长冲河里碧水淌，月亮湾里花长廊。
清风细吹空气新，消闲读书好地方。

漫步长冲谷

我的夫人乐家芝的家乡是长冲谷里华老庄，我们在此度过了艰难岁月。三个孩儿也在此度过童年，当年生活拮据，多亏岳父岳母海量，替我们承担了巨大的经济压力，还无怨无悔。2016年秋天傍晚，我漫步长冲河边思绪万千。

一

碧空风清近傍晚，漫步曲径过溪川。
游人不解余心愿，长冲谷里藏前缘。

二

生活拮据露赧颜，泰山泰水海量宽。
三个孩童庭前玩，天伦之乐邻里羡。

赞中国女排

2016年奥运会在巴西里约热内卢召开。8月21日是女子排球决赛，中国女排姑娘顽强拼搏，夺得了冠军。女排姑娘饱含泪花欢呼跳跃，她们的精神值得国人赞美。她们由辉煌走向低谷，又走向辉煌，这段路程是艰苦卓绝的，她们为中国梦而战，团结战斗，勇敢拼搏，终于卫冕。

一

女排辉煌已遽去，败北士气犹低迷。

雄心壮志似已尽，世界大赛后位席。

二

郎平执教雄风起，卓绝苦练强意志。

里约奥运再夺魁，女排精神世界奇。

三

夺冠喜讯天涯传，全球华人齐狂欢。

女排精神再发扬，体育强国梦实现。

长冲谷里别墅

2016 年秋天，我与夫人乐家芝到长冲谷老家小住两天。闲暇时到处走走，发现一户农家正在盖小别墅，真是精雕细琢，用心良苦。

老骥身闲信步走，细察农家筑小楼。

精刻细雕功夫深，别墅典雅数一流。

赞 樊 侠 云

樊侠云同志原是水利厅质监站的技术人员，是最早取得水利工程监理工程师资格证书的技术员。为了公司的发展壮大，我们聘请他加入监理队伍，任凤台县夺丰收泵站工程总监。面对刚组建的施工队伍和对监理业务不熟的年轻人，他以身作则，对青年人言传身教，手把手地教，更常驻工地严把质量关。他对工作认真负责的态度给我留下深刻印象。

一

忠厚老实樊老翁，勤奋敬业赢美名。

常驻工地严把关，安全质量记心中。

二

全心全意带新生，手把手教传真经。

百年老翁驾鹤走，遗留师徒一段情。

春雨长冲谷

2016 年春，我与夫人乐家芝早晨游长冲谷，春雨刚停，我们登山远眺，长冲谷犹如仙境一般，景色迷人。

长冲春雨落如珠，遥望小草近看无。
全年之际在于春，烟林秀丽长冲谷。

农家的早晨

2016年春天，我与夫人乐家芝到长冲谷里小别墅住一宿。早晨起来散步，看见农民兄弟忙着上山整地，种旱作物，主妇在家做饭，小孩早起读书，农家生活井井有条，我很是羡慕。

墅前溪水仍潺流，楼后青山更翠秀。
方塘草里蛙声无，窝里雏燕还在休。
农夫急急山上忙，主妇慢慢灶前守。
一天之际在于晨，琅琅书声记心头。

春节抒怀

2016年春节，我与乐家芝在合肥过年，正月初二就回庐江县拜访当年的同事和现在的诗友，吟诗、赋诗、推敲仗韵，其乐无穷也。

龙腾虎跃又一年,推敲仗韵友情添。

辞旧迎新抒胸臆,共谱诗界美丽篇。

杭州峰会

2016年9月4日至5日,二十国集团领导人会议在杭州召开。习近平主席做的报告,引起世界人民的关注和赞扬,中国的国际威望空前提高。

一

二十首脑杭州见,共谋全球大发展。

中国引领谋略高,世界人民齐称赞。

二

西湖风景璀璨闪,五光十色耀眼前。

总统游览心舒畅,夫人儿女忘家还。

中秋思念

2016年中秋节,儿子全家在上海过节,我与夫人乐家芝特别思念娇孙汤大宝。皓月当空发短信,送去祝福和问候。

银盘中秋分外明，短信慰问电波送。
皓月当空晴万里，月中良宵思念增。

元 旦 感 想

2017年元旦，我已是76岁的古稀老人，学习作诗16年了，已作诗700余首。我的目标是1000首，还要加倍努力，耕耘不止，才能实现目标。

冬去春来又一年，繁荣昌盛美人间。
夕阳云霞无限娇，寒风枯草傲雪天。
花开花落情未了，燕来燕往志更坚。
老骥立志诗千篇，豪情满怀攻难关。

赴　　宴

我公司曾与江苏省泗洪县张景龙同志合作，监理小水库除险加固工程。我经常巡查这个工程，该工程质量标准高，省水利厅曾在该县开现场会嘉奖表扬。张景龙非常好客，宴请我们巡查的同志，用洋河梦之蓝招待，大家酩酊大醉。

洋河美酒溢清香，举杯畅饮心荡漾。
景龙好客余大醉，蒙眬不知在异乡。

豪 雄 颂

自党中央反腐以来，众多高官应声倒下。茶余饭后，人们经常谈论。我以为，官不在大，只要清廉就值得歌颂、赞扬。

清闲无虑自从容，觉醒东方旭日升。
喜观大地万物洁，犹似与君心灵通。
打虎拍蝇警钟响，清廉笑迎反腐风。
富贵不淫贫苦乐，男士自律称豪雄。

长冲谷夏天

2016 年 6 月，我与乐家芝到阔别多年老宅基地看看，再到长冲谷里游玩。满眼的青山和翠竹，风景独好，我们深感不虚此行。

长冲谷里六月中，风景四季各不同。
青山连天满眼碧，日照翠竹别样青。

长冲谷冬天

2016年冬，我与乐家芝到长冲谷里华老庄，故地重游，夜宿内弟家。夜里突起北风，雪花飘飘，第二天早晨起来，满山遍野披银装。男女围坐于火炉旁，小孩在野外玩雪，场面动人。

鹅毛瑞雪从天降，长冲谷里披银装。

行人绝迹山径上，空中未见鸟飞狂。

全力以赴扫雪忙，轿车缓慢进村庄。

妪叟围坐火炉旁，顽童野外打雪仗。

拜见马献成

马献成同志是我在灵璧县汤庙高小的同学。1958年，他就任村支书，在那火红的“大跃进”的年代，仍坚持实事求是的精神，不随波逐流。我与他是在三年困难时期建立的友情，后来每次见面都依依惜别，要趁他不注意偷着走，结果这次偷走不成。

一

我欲乘车偷将行，忽闻献成挽留声。

我俩友谊深似海，三年困难铸就成。

二

挚友对酌乐开怀，一杯一杯忘吃菜。

开怀畅饮愁容露，下次相聚何时来。

赞中科大

中国科学技术大学老校区与我住的水利厅宿舍只一路之隔，我经常到校园里散步锻炼。校园内环境优美，鸟语花香，学校的科技成果累累。

科大校园林木茂，神州大地难觅到。

环境优美宜研读，前沿科技领风骚。

与林弟同饮

2016年9月21日，我与陈海东总经理巡查铜陵市工地并签订水利工程监理合同。会后与林长生、潮龙海、葛群英、姚重年、陶定有、程启粱、徐万福等同志聚会，开怀畅饮，其乐融融。

铜陵紧靠长江滨，巡查工地常莅临。
怀旧抒情短信传，吾俩皆是“烂柯”人。
刚直谔谔路难行，圆滑诺诺通红运。
今日相聚诉衷情，举杯同饮尤温馨。

铜陵东西联圩

2016年9月21日，我与陈海东总经理巡查铜陵市水利工程并签订合同。今年水位高，仅次于1954年洪水水位，东西联圩仍安然无恙，水利同人感到满意并赞扬，我听后亦很振奋。

铜陵东西联圩垸，除险加固成效显。
今年洪魔严考验，安然无恙尤安全。
昔日参战流苦汗，业绩辉煌耀眼前。
水利同人再拼搏，铜墙铁壁卫家园。

庐江广场歌舞

2016年9月21日，我与陈海东总经理从铜陵市巡查工地回合肥，路过庐江县小住陋室。晚上我与夫人乐家芝在县城里散步，看见公园、广场都有跳舞的人群，嘹亮的歌声划破长空，热闹非凡。

一

庐江公园与广场，夜幕降临跳舞狂。
大妈娴熟舞蹁跹，少妇旋舞似燕翔。

二

悦耳歌声震天响，飞过高楼空中荡。
庐城歌舞随处见，全民健身树榜样。

游长冲谷夜宿陋室

2016年3月的一天，我与夫人乐家芝游长冲谷。夫人是长冲谷的人。长冲谷是风景秀丽的好地方。当晚我们夜宿庐江中心城陋室，我思绪万千。

一

春风先到夫人家，三月长冲满谷花。
残雪化尽青山翠，竹园春笋茁壮芽。

二

深夜梦中余惊吓，梦牵魂萦思无涯。

远离桑梓几十夏，老翁思乡何必讶？

叹天变无常

2016年6至9月，安徽省处于高温天气，有时气温高达38℃，9月27日仍是32℃，28日骤然变冷，只有14℃，确有冰火两重天的感觉。老年人很难适应这种天气变化。

今昨冰火两重天，冬夏衣衫各异穿。

人到暮年适应难，妪叟谨慎多保暖。

赞老来伴

2016年10月2日，我与夫人乐家芝拜访老友李庆宽和夫人陈志荔女士。他们相敬如宾的样子，使我回想起他们年轻时的情景，与今日截然不同，简直天壤之别，我很羡慕他们现在的状态并对这种变化感到惊讶。

悍男强女常争吵，各持己见互不抛。

人到暮年和谐多，相敬如宾偕到老。

陪大成考察舒庐干渠

2016 年 10 月 4 日，我与夫人乐家芝，大女婿陈海东、大女儿汤晓红陪大外孙陈大成（他是同济大学土木工程系三年级的学生），考察舒庐干渠工程。我们首先考察余家河渡槽、金汤湖、十三孔泄洪闸，然后考察长冲谷地下涵等工程。这些工程当年全部是靠人海战术完成的，陈大成看到很激动。

界牌水闸疆界线，舒城庐江共辖管。
昔日干渠全民建，铸就人间辉煌篇。
潺潺万佛湖水流，汩汩清泉灌禾田。
聪慧大成心激荡，誓学水利攻前沿。

防汛抢险颂

2016 年主汛期，安徽沿江及巢湖流域台风频繁，连降暴雨。水库、河流高水位运行，水位仅次于 1954 年时的水位。各级水利部门紧急动员，迎战洪魔。10 年来政府在水利工程上投入很大，除险加固效益明显。此次防汛抗洪抢险取得的巨大胜利，凝聚了水利人的心血和汗水。

惊涛骇浪严考验，降服洪魔心中甜。
总结经验再迎战，安居乐业做贡献。

探望钱俭富同志

2016年10月6日，我与夫人乐家芝看望在省立医院南区住院的钱俭富老同志（84岁），他得了脑梗，因为发现早，得到了及时的治疗。三个儿女钱小青、钱兵、钱程和大女婿熊永武守护在他的病床前，场面温馨感人。

一

耄耋脑梗刚发现，急转省立南医院。
高科医术胜华佗，病愈康复阖家欢。

二

孝顺儿女照料全，自豪欣慰泪花闪。
问君若有独生子，温馨氛围不复见。

参加聚会遐想

2016年10月9日，亦是阴历九月初九重阳节。安徽水利电力学校农水412班同学在滁州市全椒县聚会。我与夫人乐家芝应邀参加,赴会路上我遐想联翩。

吾辞合肥居住楼,全椒聚会又旅游。
轿车颠簸不觉疲,同学情谊涌心头。

栽桂花树

长冲谷里华老庄是夫人乐家芝的老家,老房已破烂不堪,今年进行翻修并移栽了几棵桂花树。可以想象出,将来桂花盛开,香气袭人,这里的环境定然无限美好。

精栽丹桂别墅旁,施肥浇水苗壮长。
数年干挺枝叶茂,金秋九月溢桂香。

栽 梅 花

长冲谷里华老庄是夫人乐家芝的老家,老房已破烂不堪,今年进行翻修并移栽了几棵蜡梅。可以想象出,将来梅花盛开时,香溢四方,风景无限好的情景。

梅花移栽别墅旁，三九严寒花怒放。
暴雪纷飞坚挺拔，清冷满院暗来香。

赞砸铁链

2016年12月1日，国务院取消水利工程监理员和总监理工程师资格，纳入监理工程师职业资格统一实施。我与水利同人攀谈，深知亦深感监理工程师这一新鲜事物，在发展壮大中走了弯路。深化改革，重拳出击，仍回归初始，我非常振奋。

监理引进殊贡献，水利工程有序建。
权力寻租登峰巅，剥夺法人任免权。
总监稀缺价高昂，单位困苦运作艰。
深改重拳砸铁链，喜看辉煌耀明天。

长藤结瓜

舒庐干渠通水后，长藤结瓜，庐江大挖当家塘。春夏山丘的水塘都装满水，且清澈见底，青山云影在水中荡漾，十分壮美。此景把我带回到当年兴建舒庐干渠场面中，老叟兴奋不已。

长藤结瓜当家塘，轻风吹起水荡漾。

问塘哪有清澈水？唯有干渠来水淌。

登冶父山

2016年金秋，我与夫人乐家芝再登冶父山，中途休息几次方到山巅。傍晚时分，晚霞照映广袤山林，景色十分壮观，我深感不虚此行。

攀登山巅石阶滑，极目远处有农家。

小憩等友环顾望，广袤翠林映晚霞。

赞赵其纯主任

赵其纯医生，是安徽省立医院骨科副主任，他是从农村走出来的中山大学博士研究生。他年富力强，技术拔尖，特别是膝关节手术技艺精湛，且服务态度好，赢得病人的赞誉。

骨科精英赵其纯，救死扶伤视本分。

贫苦磨砺意志坚，全心敬业最艰辛。

贫富病人平等待，医德高尚受人尊。

持之以恒再耕耘，硕果满枝传佳音。

桐城投标

2016年10月14日，桐城市农水工程施工、监理标投标，现场人头攒动，近百家施工企业竞争700万元小型水利工程。我亦在现场，感慨颇多。

千里驾车到贵县，桐城投标人摩肩。
水利工程竞争激，劳民伤财何时完。

县河畔公园见闻

2016年10月15日，我巡查庐江县水利工程，夜宿中心城陋室。我与夫人乐家芝上午到县河岸畔公园游玩，见闻良多，感想丰富。

一

县河清澈水流淌，少妇坝顶洗衣忙。
洁白干净新式装，树间牵绳乐晾晒。

二

妪叟悠闲喜锻炼，顽童追逐游戏玩。

秋高气爽云天淡，清风凉意拂满面。

斥博士老爸陈克正

2016年从7月开始，直到10月，安徽电视台早、中、晚新闻中间插播博士老爸陈克正辅导三个女儿成为博士后的广告，真是害人深深，误导人多多，广告监管部门应该汗颜。

博士老爸陈克正，骗术竟然上银屏。

广告监管责缺失，泛滥成灾害百姓。

游黄栗树水库

2016年10月9日，亦是阴历九月初九重阳节。安徽水利电力学校农水412班同学在滁州市全椒县聚会。我与夫人乐家芝应邀参加，游览风景秀丽的黄栗树水库。

妪叟重阳心地宽，全椒相聚尽情欢。

游览黄栗树库玩，风景秀丽满眼前。

湖水遥从山涧来，瞭望清晰山峰巅。
明年相聚谁健在，醉看同学愁面颜。

继续长征

2016年10月21日，是红军长征胜利八十周年纪念日，党中央举行隆重庆祝大会，习近平总书记发表重要讲话，坚持初心，继续长征，意义深远。

八十春秋步履舛，永葆初心意志坚。
继续阔步长征路，喜看中国梦实现。

访张登权

2016年阳春三月，我与夫人乐家芝应农民朋友张登全之邀，到他家游玩做客。他家别墅，门前有鱼塘，屋后有无污染的菜园、竹园，花木繁盛，景色非常亮丽。

一

农民朋友张登全，建筑手艺甚精湛。
走村串户奔波忙，硕果累累村拔尖。

二

养鱼方塘临门前，异类蔬菜植满园。

翠竹花木映别墅，田园风光美无限。

欢聚同庆楼

2016年10月20日，我在同庆楼阜阳路店设宴招待耿光宽、邹淦泉、吴子波、郑敬道、孙业藩、周振东、孔祥云、左胜平等老同志，大家欢聚一堂，畅谈飞天梦，其乐融融也。

一

阜阳路店同庆楼，老翁欢聚尽风流。

谈笑风生共举杯，慷慨激昂话神州。

二

华夏宏图飞天秀，载人飞船苍穹游。

国富民强大昌盛，全球华人乐心头。

夜宿陋室

2016年10月深秋，我与夫人乐家芝到庐江县，夜宿中心城的陋室。因受台风影响，当晚风雨交加，第二天早晨，旭日东升，晴空万里，绣溪公园风景更加秀丽。

昨夜风雨从未休，吹打岗湾雅室楼。
今朝晨起去锻炼，公园更加风景秀。

赞夏兴义

夏兴义同志是土生土长的庐江人。他从基层一步一个脚印干起，曾任公社、区委党委书记多年，后任农业局局长。他性格开朗，豪爽耿直，雷厉风行，是不可多得的人才。

豪爽正直夏兴义，为人处世施义气。
上级下级平等待，唯书唯上皆抛弃。
勤廉务实心系民，广袤潜川留足迹。
实事求是精神佳，值得我等多学习。

十月长冲谷

2016 年 10 月深秋，我与夫人乐家芝游玩风景秀丽的长冲谷，农民朋友设晚宴招待。傍晚我抽空走走转转，夕阳晚霞照红整个山林，景色十分壮观。

长冲谷里十月中，风景秀丽各不同。
翠林连天晴空碧，晚霞映林满山红。

访友情

2016年10月深秋，我与夫人乐家芝回淮北平原灵璧县向阳镇，拜见马献成、胡崇方、胡先林、胡业俭、胡业友等同学。大家相聚马献成同学新居，饮酒谈心，其乐无穷。

献成同学情谊真，三年天灾常济贫。
宾客来访儿孙乐，喜鹊登枝叫声频。
淮北平原麦苗壮，田间偶有耕耘人。
饮酒畅谈兴致高，告别时分皓月新。

亲情浓

1977年至1979年，我有幸参加中国援助多哥农技组，当一名水利专家，专搞农田水利工程。农技组任务是：开垦荒坡，平整土地，教非洲朋友种水稻。在这两年时间里，我思家心切，常拿锋儿照片看,只能梦中团聚。

一

东望故乡路遥远,思念亲人未停闲。
月余信使队方来,信报平安始就餐。

二

西非多哥旱雨风,伏案写信思绪浓。
唯恐匆忙有遗漏,反复推敲将信封。

三

援助多哥远天涯,遥望星空不见家。
锋儿照片经常看,梦中团聚乐开花。

赞陈学高

合肥市庐江县安德利百货有限公司董事长陈学高同志,在商海拼搏多年。历尽千辛万苦,安德利百货于2016年上市,百货市场又添一员猛奖,这是庐江县人的骄傲。

嘉商精英陈学高,商海狂涛敢弄潮。
股市猛将安德利,潜川大树枝叶茂。

忆滁州聚会

2011 年 5 月 24 日到 26 日，安徽省水利电力学校农水 415 班在滁州聚会。参加的 12 位同学都是古稀老人了。大家游玩琅琊山风景区的情景，令我至今记忆犹新。

思念同学似水流，晨起驾车下滁州。
远望青山风景美，近看涧溪鱼儿游。
妪叟抖擞俏打扮，聚会期间话不休。
醉翁亭前合影照，返回住地废寝瞅。

建　雅　室

2016 年深秋，乐家胜、乐家帮、乐建明三弟兄，在山清水秀的华老庄拆掉破烂不堪的旧房子，重新建造平房雅室。当地人不理解，认为应该在城市买别墅居住，他们岂知这里空气好，环境远胜喧闹的城市。

内弟山脚建雅室，友人质疑弗解释。
涧溪流水门前过，依山傍水属宝地。

汤池长冲谷游

庐江县汤池风景区是省级旅游风景区,有合肥市后花园之称。我的夫人乐家芝是长冲谷里的人,我们每年都要到汤池长冲谷游玩。马槽村与长冲谷被伏岭隔断曾经交通不便,现在公路已通,方便多了,轻松多了。

每年两次汤池游,前次春天后是秋。
映山红花遍山岭,青松翠竹掩洋楼。
马槽长冲岭隔断,我等登山汗背流。
今日公路已畅通,轻松旅游乐心头。

长　冲　情

1966年冬,舒庐干渠庐江段全面动工,我是县指挥部派驻乐桥民工团技术员。团部设在长冲茶站,我住在公社里面,我与乐家芝同志经常见面。她当时对我从事的工作感到很新鲜,还有一种羡慕感!我被她的热情所感动,我们之间互有爱慕之情,从此播下了爱情种子,最后是有情人终成眷侣!

干渠堤埂曾谋面，长冲公社寻常见。
涧溪潺流洗衣忙，洁白着装映面颜。
偶见窈窕淑女美，爱慕之情难遮掩。
情书送达心安然，白头偕老恩爱篇。

看望曹家顺同志

2016年10月30日，我与夫人乐家芝到庐江县医院，看望正在住院的原副县长曹家顺同志。因他在重病监护室，未能如愿见面，只与曹彬同志谈了很多细节。我与曹老县长曾在县政府共事多年，关系很好，回合肥路上我浮想联翩，情深难抑。

年高德劭曹老翁，潜川域内扬美名。
儿孙满堂阖家欢，终身勤廉系百姓。

赞江守堂同志

2016年10月深秋，我与夫人乐家芝看望住在老年公寓的原庐江县委副书记江守堂同志。他是我当年崇拜的偶像，如今谈话依然风趣幽默，不减当年。

德隆望尊江守堂,勤廉终生为民忙。

老年公寓居住乐,絮语幽默笑痛肠。

定 远 行

2016年11月1日,我与陈海东总经理受水利局之邀,到定远县水利局二楼会议室约谈桑涧水库灌区配套工程。见到史延安、张明清等同志,谈到炉桥泵站的现状真是今非昔比,我振奋不已。

一

晨起驾车到定远,崭新定城映眼帘。

宽敞公路通四方,高楼林立刺云端。

二

炉桥泵站是典范,建章立制走在前。

全站实现自动化,县管泵站省领先。

砸烂美日梦

近年来美日联合在我国南海频频闹事:美日炒作南海问题,

编造美日有资格参与南海问题，指责中国“威胁”南海航行自由与安全、欲扩张霸权等5种谬论企图挑事。我国坚决回击。

美日搅局南海间，妄想遏制我发展。
神州儿女警惕高，降服鬼子狂疯癫。

赞包河支行联想

2016年11月7日，我去合肥市包河支行办理汇款到上海市卢湾金钟支行，且是港币业务。过星经理协助办理，服务态度良好，外币办理窗口服务更佳，虽手续繁杂，但他们谨慎、细致、快速办理，汇款即刻到账，作诗记之。

包河支行尤辉煌，一楼大厅业务忙。
汇前手续繁杂多，严格细致对规章。
员工笑颜语温馨，网银便捷即到账。
老翁惊叹暗称赞，窥见东方巨轮航。

农家女感慨

2016年深秋，我与夫人乐家芝游玩庐江县长冲谷，中途在山涧边农家休息，与一位年轻美貌姑娘攀谈。她是初中生，未考上高中，回家务农，由她畅谈人生的一席话可看出当代年轻人受教育程度很深，我由衷地羡慕。

简居深山空气鲜，喧闹城市雾霾天。
不爱浓妆艳抹样，简朴素描农家衫。
采茶种粮娴熟精，孝敬父母乐无边。
鄙视靓女抱狗玩，无所事事逍遥欢。

赞马鞍山市

2016年11月11日，我与陈海东总经理到马鞍山市当涂县签订水阳江治理工程监理合同。有幸与郑诗海局长、伍先平副局长、朱远照同志、周拥军主任等同志在市水利局食堂共进午餐。餐后我游览市容市貌，感慨颇多。

环保城市马鞍山，雨山湖水映蓝天。
环境优美宜人居，寿比松柏逾百年。

水利局报到

1963年8月，我从安徽省水利电力学校农水415班毕业。

8月23日早晨，我从家走12公里到灵璧县长途汽车站坐车到合肥，当晚在合肥车站地上睡了一夜，24日坐汽车到庐江县水利局报到。后张敏昌、纵封银、薄文华、张侠林几位同学陆续到达，我们相逢倍感亲切。

一

昨夜秋雨湿灰尘，村庄田野满目新。

嘱儿路途多保重，千里庐江无亲人。

二

日夜兼程急去庐，同学相逢不觉孤。

勤将理论实践用，积极向上竞仕途。

赞挂壁锅炉

2016年11月13日，保乐机电有限公司承担我家挂壁式锅炉安装，以保障我们冬天取暖。他们在设计、施工方面均按程序办理，安装精细，完工后经调试效果显著。

一

挂壁锅炉巧玲珑，制热送暖立大功。

员工配合密无间，精细安装显神通。

二

暴雪纷飞天大寒，室内温暖似春天。

暮年生活尤幸福，快乐康健逾百年。

巡查陶坝泵站遐想

2016年11月16至17日，我与陈海东总经理、吴贤总监代表到颍上县水利局与何毅局长、李靖副局长对接。晚上与姜成会所长、武其宣同志共进晚餐。17日上午我们冒雨巡查正准备扩建的陶坝泵站。

细雨路滑去陶坝，会见职工多叙话。

排涝泵站将扩建，机房建成高阔大。

环境优美空气鲜，全站建成自动化。

安居乐业精神佳，员工喜悦跷指夸。

赞黄桥闸

2016年11月19日，我与陈海东总经理巡查濉溪县黄桥闸工程。该工程基础开挖规范，压实度好，质量高，且施工现场安装了几个摄像头监控施工质量情况，我巡查现场很有感慨。

萧濉新河黄桥闸，现场施工机械化。

业主监理严把关，誓创淮北一奇葩。

游凤阳县龙兴寺有感

2016年11月30日，我与陈海东总经理巡查凤阳县本公司监理的水利工程，顺便参观朱元璋当和尚时修行的龙兴寺。

和尚出身朱元璋，推翻元朝振四方。

严惩贪官与污吏，风清气正曾辉煌。

赞环卫工人

环卫工人是城市名副其实的美容师，他们在平凡的工作岗位上做出了不平凡的贡献。特别是秋冬季，街道旁的树叶很多，全靠环卫工人起早贪黑，辛勤清扫。他们的精神值得赞扬。

一

冬晨拿帚道路来，扫除落叶记心怀。

城市美容立殊功，敦厚敬业献大爱。

二

靓女靓男垃圾扔，环卫工人内心痛。

同为居住合肥人，天壤之别老翁蒙。

警告“台独”

我国的宝岛台湾历来是中国领土不可分割的一部分。最近蔡英文上任，对《九二共识》的态度含混不清，“台独”分子趁此机会，鼓吹“台湾独立”。这简直是痴心妄想，我百万雄师决不答应。

海疆上空白云翻，雄狮百万望台湾。

台“独”分子妄举动，武统两岸在眼前。

赞张正炳首长

2016 年 12 月 20 日，我在办公室静思，脑海浮现张正炳老首长(85 岁高龄)的身影。他当庐江县革委会副主任时，我是水利战线小兵，曾见他到基层调研，与农民打成一片，促膝谈心，问寒问暖。他驰骋篮球场的英姿，常出现在我的脑海里。暮年我俩经常通话，谈论国家大事。

德隆望重张正炳，平易近人尤温馨。
深入基层常调研，虚心细听民怨声。
谈笑风生音洪亮，国家大事记心中。
严惩贪官拍手赞，终生勤廉乐为民。

赞方浩徽医生

方浩徽同志是安徽省胸科医院的主任医生。我的肺部三级支气管炎症，经他细心诊疗和精心护理，已痊愈。我介绍的几位病人经他治疗亦已痊愈。我对他的敬业精神和医德由衷地信服和敬佩。

胸科精英方浩徽，诊断病情细入微。
精湛医术赢赞誉，扁鹊在世亦让位。

模范丈夫

唐成年同志是我的夫人乐家芝妹妹乐爱英的丈夫。他们夫妇青梅竹马，在艰苦环境中度过艰难的岁月。因老妻乐爱英中风，半身不遂，唐成年经常推着坐轮椅的乐爱英观览庐城新貌。他们的暮年生活有滋有味，令人羡慕不已。

爱英瘫痪站立难，成年昼夜陪面前。
妻坐轮椅丈夫推，观赏庐城新容颜。
温馨话语不清楚，憨厚微笑内心甜。
相依为命众人羡，白头相守璀璨篇。

参观临泉县景点

2016 年 12 月 13 日至 15 日，我与韩炯同志巡查临泉县农饮工程。在业主的精心指挥下，监理严格把关，施工单位紧张施工，工程进展快、质量好。我巡查时心情舒畅，顺便参观了军民鱼水情公园和姜太公庙。

巡查工程又游玩，刘邓军进大别山。
姜太公庙草萋萋，祈盼贵人来修缮。

赞临泉饮水工程

2016 年 12 月 13 日至 15 日，我与韩炯同志巡查临泉县农饮工程。在业主的精心指挥下，监理严格把关，施工单位紧张施工，工程进展快、质量好，我巡查时心情舒畅。

匠心设计小水厂，施工安装昼夜忙。
业主精心运筹佳，监理把关寸不让。
参建单位齐奋战，誓叫农饮创辉煌。
临泉同人多壮志，民生工程树榜样。

冬至联想

2016年12月18日，我与夫人乐家芝到长冲谷华老庄给岳父岳母做冬至祭祀。只见漫山遍野都在烧纸送冥钱给先人，耳边传来爆竹阵阵，宣传车喇叭一直宣讲，要注意防火。森林防火的确大如天。

一

冬至祭日送冥钱，先人春节好过年。
满山遍野烟缭绕，爆竹响声空中传。

二

森林防火大如天，乡村两级任重远。
文明祭祀多宣传，城乡上下遵照办。

聚餐江滨酒店

2016 年 12 月 24 日，我巡查铜陵市水利工程，与铜陵朋友相聚江滨的小酒店，开怀畅饮。特别是林长生同志活跃无比，我俩情投意合，友谊常青。

酒店包厢扑鼻香，君斟“郎酒”劝余尝。

铜陵朋友喜相聚，开怀畅饮话激昂。

情投意合结挚友，敬业水利各自忙。

千里长江东流水，堪比我俩情谊长。

巡查黄桥闸

2016 年 12 月 24 日星期六，我陪王超总监到濉溪县水利局考录脸谱，并巡查黄桥闸工地。工地上工人正在有序地扎钢筋、立模板施工方说春节前能完成闸墩浇筑，我听后很振奋。晚上见到刘红军总工程师、吴亚平、周信鲁科长。25 日上午在郭拥军主任办公室交换意见。

三冬雾雨北风寒，工程施工未停闲。

参战人员精心做，质量安全记心间。

酒　仙　乐

从 20 世纪 90 年代开始，全国各地兴起玩麻将的潮流，结果越演越烈，很多退休人员终日无所事事，泡在酒桌、麻将桌上，既伤身体又耽误时间。我不参加麻将娱乐，大家感到奇怪，其实是我觉得这样不好，我不想融入此圈。

晨起洗刷即就餐，急促围坐麻将玩。
老友宴请乐无边，酒足饭饱继续战。
满身酒气惹人烦，东倒西歪行动艰。
阳婆西斜再赴宴，周而复始又一天。

赞魔石泡泡鱼店

2017 年 1 月 2 日，星期一，乐家胜、王胜萍夫妇，在中心城魔石泡泡鱼店设宴招待我们。据介绍此店特色是用长江流域的山上岩石做成火锅，将鱼放入火锅加热时有微量元素渗出，有益健康。店员服务热情周到，就餐人感到温暖，心情舒畅。

魔石泡鱼四楼上，数人围坐火锅旁。
服务热情尤温馨，酒足饭饱心舒畅。

山 村 骄

2016 年 12 月 26 日，我与夫人乐家芝到长冲谷游玩，在通向谷里的小山村小憩片刻，耳边传来锣鼓声和鞭炮声，山人告诉我是山村另一户人家喜事临门，不是娶媳妇就是生儿子。

休笑山村道不平，来回攀爬锻炼人。
山珍野味余先尝，城市雾霾吾无份。
偶有锣鼓鞭炮声，娶媳生儿喜临门。
男女老少尤勤俭，着装简朴民风纯。

汤姓理发店

合肥市水利厅南大院的菜市场东面的深巷内有汤姓理发店。该店手艺精湛，理发的人很多，天天客满，不少人是慕名而来的。

巷深汤姓理发店，清晨客满人摩肩。
价廉热情赢人气，精美手艺修容颜。

总站职工拔河赛

2017 年 1 月 19 日，春节前夕，总站组织职工迎新春活动，青年男女在院内进行拔河比赛，场面动人。我与夫人乐家芝在四楼观看，兴趣盎然。

喜迎新春拔河玩，势均力敌胜负艰。
吆喝加油洪荒力，勇者获胜笑开颜。

拜访苏学谦同志

1963 年，我从安徽省水利电力学校毕业，尚未工作。暑假回家看望重病的父亲，他患有肺化脓病急需营养，但那时生活特别困难，我家无力负担营养费。我到公社见到时任秘书的苏学谦同志，他慷慨送麻油与我，父母亲见状后非常高兴，二老临终前还讲起此事，要我有朝一日感谢苏学谦同志。2017 年春节，马献成兄陪我专门拜访苏学谦同志，实现父母的遗愿。

一

昔日往事多伤痕，父病缠身肺化脓。
学谦慷慨麻油赠，谱写人间大爱情。

二

驾车千里来拜访，相见恨晚心荡漾。

往日旧痕心铭记，实现遗愿慨而慷。

赞一品功夫快餐店

2016年腊月二十七日，我从合肥赶往灵璧县向阳乡赵营庄过年，夜宿灵城中沛宾馆。晚就餐于一品功夫快餐店，该店物美价廉，就餐人很多，没有淮北饮食陋习，一副大城市快餐店的模样。

一品功夫快餐店，男女老少乐就餐。

物美价廉品种繁，客人离店笑满面。

故乡过年

2017年春节，我回淮北灵璧县赵营庄过春节。我别家几十年间只回故乡过了一次年，今年回故乡过年感到特别新鲜、温馨。今日农村欣欣向荣的景象，令我这颗游子心激动不已。

新春佳节喜庆娇，除夕午夜放鞭炮。

上午拜年每家到，晚辈跪拜长辈笑。

瓜子米糖装满包,压岁钱是新钞票。

相互祝福新年好,各人事业再登高。

相聚草沟镇

2017年春节我在故乡过年,亲朋好友欢聚,倍感亲切。正月初二,我与汤英明辗转从瓦韩庄到草沟镇拜见耄耋老者王克垤,大家在酒店聚餐,其乐无穷。

驾车赶到草沟庄,拜见王老心激荡。

举杯共饮欢乐多,恭祝耄耋寿无疆。

乐　府　颂

2017年正月初四,我从淮北平原灵璧县向阳乡赵营庄赶往庐江县万山镇华老庄乐府。在夫人乐家芝的引导下,拜访亲朋好友:何宏态夫妇、乐家胜夫妇、乐家帮、乐建明夫妇,还有晚辈乐劲松夫妇、乐成柱夫妇、乐海林夫妇、乐虎成夫妇等人。晚餐欢聚乐府,气氛热闹、温馨。

别墅建在山脚旁,清晨抬头望朝阳。

粉墙黛瓦徽派样，室内典雅又辉煌。
月亮湾里流水淌，青松翠竹掩楼房。
山清水秀好地方，乐姓人家福寿长。

参加侄女汤彩侠婚礼

侄女汤彩侠是安徽建筑大学毕业的，在合肥创业有成，男朋友王健是她同班同学，两人在学习奋斗中产生了爱情，有情人终成眷侣。2017 年 2 月 4 日，我与夫人乐家芝应邀参加他们的婚礼，由衷高兴，赋诗勉励之。

同班同学并蒂莲，相濡以沫恩爱篇。
勤俭家训永恪守，顽强拼搏登峰巅。

参加韩炯婚礼

2017 年 2 月 18 日，是韩炯与杨丽新婚之日。他们是泗县瓦韩镇人。他们请我当证婚人，我与乐家芝应邀参加他们的婚礼。

青梅竹马结伉俪，白头偕老好夫妻。
勤俭家训永坚守，各自岗位自奋蹄。

叹寻租之人

本公司联合监理灌区配套工程，因寻租人亲近的公司竞争不过本公司，寻租人就想方设法刁难本公司。我静观他丑陋的嘴脸，感到好笑。

驾车急驶到某县，位于皖中路不远。
赤胆忠心为监理，寻租之人狂刁难。
两个标准藏心底，观察亲疏分别办。
微权在手滥寻租，反腐风暴定翻船。

犹似并蒂花

水利厅大院有一对并蒂花，那就是田晓峰同志的夫人秦玉荣和韩先智同志夫人吴家兰。她们经常着装一模一样，双双出入大院，不是姐妹胜似姐妹，犹如并蒂花。

耀眼夺目并蒂花，水利大院传佳话。
形影不离黏一起，举止庄重又文雅。

赞郑敬道书记

郑敬道同志是我的老领导，土生土长的庐江人。当年他是庐江县最年轻的县委副书记，后调任和县县委书记，又辗转任巢湖市委副书记、市人大常委会主任多年。撤销巢湖市，他任合肥市关工委常务副主任。

年轻书记郑敬道，庐江建设藏辛劳。
和县大地汗水洒，巢湖大市信誉高。
清正廉洁心系民，沉身农村基层跑。
人脉资源尤丰厚，棘手难事乐协调。

姥　山　颂

我在庐江县工作27年，其中从事水利工作19年，因此有机会多次登临浩瀚巢湖中的姥山，欣赏她的雄姿和美态。

濯足湖心头流烟，栉风沐雨挺消闲。
狂涛骇浪练腰板，耸立大湖数千年。

再 游 黄 山

我与夫人乐家芝多次游黄山，最近一次，我已 70 多岁高龄，夫人亦 60 多岁，有幸看到黄山的日出，不虚此行。

五岳归来身已疲，再登黄山未觉迟。
汤泉暖暖藏温情，云海茫茫富遐思。
巧石玲珑现美态，奇松傲立展雄姿。
黄山日出更浪漫，缤纷盛景世界奇。

再游冶父山

我与夫人乐家芝再次游览冶父山，攀登峰巅极目远望，潜川大地美不胜收。冶父山风景区已初具规模，希望它再接再厉赶超黄山。

攀登冶父山峰巅，举目喜看庐江颜。
弯曲干渠穿绿野，高铁国道山脚转。
潜川大地崭新貌，县委政府有血汗。
开创旅游新思路，快马加鞭赶黄山。

登乐府后山

我与夫人乐家芝宿长冲谷里华老庄旧居，清晨散步河湾，再登后山，环顾四周，云雾缭绕，阵风吹来，广袤的松林发出天籁之音，涧溪流水亦奏强音，犹如置身仙境。

一

妪叟攀爬屋后山，浓雾涌动似浪翻。

站立峰顶四周看，难见周围山容颜。

二

山峰雾绕谷装云，岭似龙舟浪里行。

松林风吹沙沙响，涧溪流水潺潺音。

漫步田间

2016 年 4 月清明节，回祖籍灵璧县向阳乡赵营庄，夜宿旧居。清晨，田野绿油油一片，望不到边，田边小草茂盛，迎着朝阳露珠闪闪发光，是晨练好时光。

东方发白曙光现，朝霞染红半边天。
晒散田野草尖露，晨曦陪我走田间。

晨　起

2016年4月清明节，我与夫人乐家芝到长冲谷里华老庄祭祀并游玩，夜宿华老庄乐府。晨起看朝阳升起前后的壮观景色，十分迷人，此地余常住不烦。

星光已尽晓光连，朝晖烧红东边天。
举目凝视月亮湾，旭日东升耀庭前。

农民网上购销

2017年春节，我回灵璧县向阳乡赵营庄旧居过年。堂侄汤雪丰是农民，家住两层别墅，家电齐全，网络畅通。他网上购销手段运用自如，不出家门就能完成买卖业务，真是幸福满满。

鼠标一点荧屏寻，农民购销亦创新。
聚精会神价格找，买卖无须出家门。

山村做客

2016年4月,我与夫人乐家芝从马槽谷翻伏岭到长冲谷里拜访夫人的堂哥乐家年同志,轿车进入长冲谷,优美的环境呈现眼帘。

轿车从简绕山崖,公路沿溪通乐家。
满眼杨柳植两畔,璀璨绚丽桃李花。
厨房飘出山珍味,围桌品尝兰花茶。
今日举杯开怀饮,倾吐别情多叙话。

麦　收

2016年6月,我巡查泗县水利工地。此时正是淮北平原麦收季节,全是机械化作业,弯腰手割麦穗的场面看不到了。田野一派丰收景象,确是壮观,见此情景,我内心的喜悦油然而生。

麦浪翻滚农民笑,收割耕种用新招。
广袤平原条件妙,新式农机遍地跑。

赞扫地机器人

2017年2月16日，儿子砺锋从上海市快递一个圆饼形扫地机器人。外孙陈大成安装后运转自如，非常灵活，没有电了，自己爬上去充电。只需用遥控器指挥它完成动作，太神奇了！

遥测遥控手按键，转弯抹角清扫艰。

腹饥自己觅食吃，机器小人遵规办。

山　姑

2016年5月，我与夫人乐家芝到长冲谷游玩，途经伏岭，见油菜花开一片黄，突然又见一位亭亭玉立的姑娘走出山村别墅，引来粉蝶前后追逐，情景实是好玩。

山姑出屋露芳容，面带微笑尤温馨。

粉蝶飞舞前后追，农家风韵显精明。

赞 大 成

大外孙陈大成,2014 年高考成绩优异,全省第 770 名,录取在同济大学土木工程系。该系处于全国一流水平,世界排名第十八位,他受我影响,后转学水利专业。

金榜题名墨尚新,录取同济惊庐城。
高中三年未觉累,临考前月昼夜拼。
舞象之年学水利,为国利民苦先行。
大禹治水为榜样,水利事业留芳名。

思念林长生

1995 年 3.5 万亩安平圩溃破,“省防”指派江兆航和我前往调查。调查结束后林长生、王志萍同志陪我巡查钟仓泵站,我们因此相识,从此建立感情。后林长生转任水利局局长我们经常来往,友情加深。他在县政府工作 9 年,我工作 8 年,彼此性格相投,都是谔谔之人。

二十余春心相应,常发短信诉衷情。
寄情泵站曾相识,勤廉谔谔你我同。

春　雨

2016年4月，我与夫人乐家芝到长冲谷游玩时在月亮湾的画廊里休息。只见春雨细洒，桃花盛开，燕子回来做窝繁殖下一代，家鸭畅游在水上，恰似一幅精美的山水画。

春雨多洒长廊下，风吹桃林飞落花。
抬头望见双燕飞，低头观看丑鸭划。

赞孟富林主任

孟富林主任是我的老领导，时任庐江县委书记，我是水利局的副局长。1977年我出国援外，他派212吉普车送我回灵璧县老家，看望95岁的祖母和66岁的母亲。他任副省长、省委副书记时，狠抓农业生产，成绩斐然，任省人大常委会主任时对法制建设做出了不可磨灭的贡献。

品似松柏秀昆仑，胸如浩海系人民。
潜川大地洒汗水，植杉高潮领头人。
肥东广域藏心血，安徽农业大功臣。
人大工作国领先，跷指点赞孟主任。

三巡黄桥闸

2017 年 2 月 28 日，我从合肥到泗县农发办签订监理合同，下午辗转濉溪县巡查黄桥闸工程。该工程质量好、进度快，老翁高兴，要求施工方和监理方，要再接再厉争创优良工程。

辗转泗县到濉溪，马不停蹄巡工地。
质量优良进度快，在建工程应看齐。

忆巡查江心洲工程

2004 年 2 月，我与邢怀济同志，清晨巡查当涂县几个工地，特别是泰兴洲和彭兴洲的平垸行洪工程的进退水闸工程。只有坐轮渡才能到达此工程所在的江心洲工地。2017 年 3 月 2 日，我在办公室忆起当时情景，感觉挺有趣味，亦够艰辛的。

浩渺长江映朝晖，沙洲苍茫连江水。
人乘轮渡彼岸去，我等焦急待舟归。
踏至惊动群鸟散，江上天空白鹭飞。
谁解艰难登洲意，巡查工地己任催。

初　夏

2016年5月下旬，我与夫人乐家芝游长冲谷，夜宿乐府，清晨，鸟鸣声和风吹竹林发出的沙沙声，惊醒了我的睡意，赖床不起。

晨风摇竹沙声响，林内群鸟鸣朝阳。
睡梦吵醒懒起床，乏人天气渐变长。

老年大学颂

庐江县老年大学在县委、县政府的重视下，办得有声有色，名列全省先进行列。

潜川大地夕阳红，老年大学兴更浓。
书法绘画赋诗忙，吹拉弹唱显精英。
挥拳舞剑似擒虎，广场歌舞像捉龙。
莫笑男女桑榆晚，誓将余热暖庐城。

老翁植树

2017 年 3 月 12 日，植树节，我与夫人乐家芝到长冲谷游玩，我在乐府后面青翠山坡拣空地植树几株，感慨万千，遐想联翩。

春风吹拂翁脸红，起伏青山绿意浓。
今朝新苗茁壮长，百年满眼柱梁栋。

故乡新貌

2016 年 4 月 20 日，我巡查灵璧县水利工地，顺便回旧居看看。乡村巨变，一幢幢别墅耸立，公路直通门前，绿油油的麦苗布满广阔的田野，丰收在望。

阔别故里几十年，今日驾车衣锦还。
环顾难觅儿时路，公路直通别墅前。
深井灌溉自动化，格田成方麦浪翻。
偶见青年男女忙，上网聊天拼命玩。

点赞清污工

2017 年 1 月 22 日星期一，我在上班的路上，遇见清污工在脏臭的下水道里清除杂物，确保下水道畅通。他们真是辛苦，我觉得只要有清污工的精神，任何事情都能做好。

披霜戴雪垃圾除，腥泥臭水满身污。
疏通管道建殊功，安居乐业千万户。

赞袁义同志

袁义同志是我的夫人乐家芝的老表，从小在艰苦的环境中磨炼。1981 年他开始教师生涯，勤勤恳恳耕耘讲台近 40 年，桃李满天下。我敬佩他的敬业精神。

春夏秋冬四十年，三尺讲台执教鞭。
润苗浇灌花枝俏，培桃育李硕果甜。
胸怀冰心仍如初，满头银发焦面颜。
人生长河情谊浓，喜看桃李春满园。

文成公主

据史料记载，公元641年，文成公主由唐太宗的族弟、礼部尚书、江夏王李道宗持节护送入藏。文成公主入藏，还带去了蔓菁种子和其他粮食种子，并教藏族人民种植方法。2013年8月，我前往西藏看望援藏的儿子汤砺锋，游玩西藏各地，还能听到藏民谈论文成公主的逸事。

公主远嫁息硝烟，风平浪静喜耕田。

汉藏友好殊贡献，名垂青史数千年。

陶坝孜泵站

2017年3月7日，星期二，我与王其里顾问巡查颍上县陶坝孜泵站和28座桥梁工程。该工地布置井井有条，安全标语醒目，质量优良。

合肥颍上千里远，巡查工地未下鞍。

遥想泵站智能化，长途跋涉心里暖。

施工巧匠精心筑，业主监理把关严。

众熙漂山顽强搏，誓铸精品耀淮畔。

赞临泉县段寨水厂

2017 年 3 月 8 日星期三，我与王其里顾问巡查临泉县杨桥镇段寨水厂。该水厂站首布置紧凑合理，场内绿化好，窗明几净，标准很高，是个好典型，其他水厂应向此厂看齐。

段寨水厂布局佳，取水供水自动化。
窗明几净尘不染，承压甘泉送万家。

访张怀清同志

1987 年安徽省选庐江、蒙城、金寨三县为职业教育试点县。张怀清是蒙城县分管教育的副县长，曹承芳是金寨县分管教育的副县长，我是庐江县分管教育的常务副县长，我们经常探讨职业教育的问题并同到教育部在北京举办的培训班学习，建立了感情。2017 年 3 月 9 日，我前往拜访张怀清同志，情浓意重。

千里奔波抵蒙城，拜见老友张怀清。
情谊犹似承压水，暗处涌动悄无声。
今日相见显恨晚，相互倾诉别后情。
儿孙勤奋青胜蓝，阖家美满又温馨。

赞钟点工

我与夫人乐家芝都是古稀之人，请了一位郭姓女士做清洁钟点工。她每次都准时到我家，擦窗抹地，工作起来非常认真，一丝不苟。经她打扫，家里窗明几净，妪叟高兴无比。

准时登临余庭前，擦窗清厨面流汗。
一丝不苟精神佳，窗明几净乐开颜。

贺恭恪考取兰生中学

2017 年 3 月 10 日，我翻开微信看到娇孙汤恭恪以优异成绩考取上海市复旦兰生中学。该学校名列上海市第二名，可见大宝聪颖睿智，全家感到欣慰。

喜闻汤府翰墨香，恭恪考试揭金榜。
舞勺之年寒窗苦，安波路畔咏华章。
自古清贫多励志，修身养性敢担当。
奋斗实现人生梦，汤家后人应自强。

三青年创业

本公司已有土地规划设计资质多年,但业务并没有真正开展起来。2017 年 2 月 22 日,以董文哲为首的三位青年慕名加盟,他们朝气足,工作开局良好,业务定能蓬勃发展,结出累累硕果。

白手起家创业难,面对强手竞争艰。
披荆斩棘投标梦,入围中标笑开颜。

妪 叟 晨 练

2017 年,我与夫人乐家芝多次夜宿中心城雅室,清晨起来漫步广场,目睹众多妪叟晨练,确是庐城亮丽的风景线。庐城处处呈现国泰民安、繁荣昌盛、欣欣向荣的景象。

满头白发风吹蓬,清晨鸡鸣迎朝红。
春光明媚驱暮气,寒冬铁骨战北风。
前俯后仰身姿美,伸拳抬腿尤轻盈。
妪叟夕阳心如火,欢声笑语似顽童。

镜子作用

党的十八大加大反腐力度，下大气力解决贪污腐败等问题。

形如皎月水平面，洁净明光照容颜。

五脏六腑皆能见，贪官污吏胆战寒。

总监培训

2016年12月1日，国务院决定取消的职业资格许可，其中有水利部的总监理工程师和监理员。可是文件尚未下达，水利部建安中心又举办总监培训。我认为此举不妥。

总监取消墨未干，建安中心抢办班。

巧列名目狂捞钱，乱象丛生何时完？

庙小妖风魔力大，誓与总理对着干。

正本清源需重拳，法治建设任重远。

黄陂湖湿地

黄陂湖湿地，位于安徽省庐江县城东南6～15千米处，属长江流域巢湖水系，县河常年夹带大量泥沙流入湖内，日久天长，湖底平浅，水位不高，湖水常泛一层微黄涟漪，故得名“黄陂湖”。湖区纵径10千米、宽3.5千米。水位10米时，相应水面积37.9平方千米。湿地建设与湖周围众山相得益彰。

黄陂湖水潜川池，湿地建成露美姿。

阳春三月缤纷色，深秋芦花亿万枝。

湖水煮蟹美味鲜，野鸭惊飞互比翼。

东顾山上望湿地，满眼秀丽诱人至。

高速公路堵车景

2017年3月19日，我与夫人乐家芝从长冲谷游玩回合肥，走京台高速公路，在庐江县境内遭遇堵车，景象十分壮观。

余辞潜川老战友，阳春三月回庐州。

高速公路拥堵景，轿车爬行似蜗牛。

再登平顶山

2017 年晚春上午,晴空万里,我与夫人乐家芝,再登万山镇的长冲谷右侧的平顶山。平顶山风景秀丽,美不胜收。

静坐耳闻鸟鸣音,碧蓝天空飘白云。
再次攀爬不厌烦,缘是秀美诱登临。

铲　毒　瘤

2016 年 7 月,我公司为临泉县第一批饮水工程提供监理服务,接着又为第三批饮水工程提供监理服务。我多次巡查工地,听闻该县贩毒之事,屡禁不止。我浮想联翩,感触颇丰。

一

愚昧贩毒财迷心,案发垂泪湿衣襟。
毒门已进万丈渊,社会唾弃犯罪人。

二

祸国殃民大毒品,鸦片战争记犹新。
众志成城铲毒瘤,泱泱神州花似锦。

放 烟 花

2017 年 2 月下旬，我与乐家芝游玩长冲谷，中午就餐后，睡觉起来，太阳西斜，几个顽童在院内燃放烟花炮仗，我观之，趣味颇浓。

屋后山林遮晚霞，日短睡起精神佳。
端坐桌前细品茶，偷看顽童放烟花。

杨 桥 农 庄

2017 年 3 月 21 日，我与陈海东总经理在陶志岳总监代表和孙晓璋同志的陪同下，巡查当涂县水阳江工地，见到业主代表戎玉波和驻地监理卢荣全、施工单位王经理等同志。晚上就餐于黄池镇杨桥农庄，该农庄环境优美，建筑典雅，是仿徽派的建筑。

水阳江畔美山庄，徽派建筑马头墙。
红灯高挂紫气来，小桥流水位中央。
菜肴味香烹技高，席间碰杯情激昂。

环境优雅空气鲜，食客莅临心舒畅。

斥土菜庄

2017年3月22日，我与陈海东总经理巡查当涂县水阳江工地，中午就餐于河阳镇石臼湖畔土菜庄。桌上有珍稀动物，主人讲解津津有味，食客咀嚼得得意忘形，实在可悲。

石臼湖畔土菜庄，珍稀动物餐桌上。
法律意识抛脑后，食客咀嚼丑陋相。

忆母亲逝世十二周年

2017年清明节，我与夫人乐家芝从合肥，儿子汤砺锋从上海，内弟乐家胜夫妇，乐家帮、乐建明夫妇从庐江，前往老家给列祖列宗祭祀。2005年7月26日，母亲在庐江县与世长辞，同年12月全家护送骨灰到老家安葬。

十二春秋弹指间，三更梦乡见母甜。
跪拜母爱恩泽丰，音容笑貌眼前现。
勤俭持家全村赞，温良恭俭让为先。

出身纯朴农民家，高尚人品比圣贤。

赞《两官法》

《两官法》执法的宗旨明确，程序详细，是两部好法。各级都在深入开展社会主义法治理念教育，切实提高法官、检察官综合素质，为构建社会主义和谐社会、法治国家而奋斗。我目睹新气象，感到兴奋自豪。

公平公正法精髓，执法如山更珍贵。
天下平安民祈盼，法官天职辨是非。

学　大　海

我们每个人的心胸都能像大海一样宽阔就好了，可以与人和谐相处。推而广之，世界上的国家、民族只要和谐相处就没有战争。所以大海是我们人类学习的榜样。

海纳百川仍逍遥，万物生长有格调。
性格各异不足奇，横吹笛子竖吹箫。

铜陵长江公路大桥

铜陵长江公路大桥,1995 年底建成通车。同年 7 月铜陵县 3.5 万亩安平圩溃破,“省防”指派江兆航副厅长和我到铜陵市督查。当时该桥即将建成,我俩只能坐民船过江到市防指,越野车绕安庆坐轮渡过江,走池州再到铜陵。

一

皖江铜陵架首桥,天堑通衢江上骄。

陆运货物过江速,轮船桥下击浪涛。

二

江滨明珠铜陵俏,大桥飞架霸气豪。

稀有金属铜产品,销往全球立功劳。

赞 余 小 龙

外孙余小龙 17 岁,高中一年级学生,身高 164 厘米,由合肥转庐江中学读书。他挤时间参加补习,经常加班加点到深夜,很是辛苦。二女儿汤咏琴全程陪同,2016 年期终考试他的成绩前进九名,我闻之振奋。

一

两周未见小龙面，梦中思念帅容颜。

发奋苦读存志远，体健身高豪气添。

二

英俊憨厚余小龙，庐中学习特用功。

苦读三年成绩佳，录取一本显本领。

娇孙金榜题名

娇孙汤恭恪13岁身高一百六十四厘米，在上海市杨浦小学读书。他挤时间参加多种补习班，经常加班加点到深夜，很是辛苦。欣闻汤恭恪以优异成绩考取兰生复旦中学，我甚为高兴。

娇孙远离尤想念，视频常见美容颜。

砥砺奋进凌云志，作栋为梁慰祖先。

学 垂 钓

我自认钓鱼技术不高，于是勤向技术能手学习并加以锻炼。今日我独自坐在长冲谷里月亮湾畔，全神贯注地盯着钓钩，真的有傻鱼上钩，其乐无穷。

月亮湾里风景秀，修身养性多长寿。

静坐两目瞅钓钩，傻鱼上钩乐心头。

悼老友林长生

2017年3月28日，姚重年同志来公司办理监理费之事，中午我们就餐于土菜馆。席间得知，我的铜陵老友林长生同志于3月22日心脏病突发，抢救无效逝世，享年66岁。突闻噩耗，我悲痛万分。

晴天霹雳噩耗传，长生老弟飞西天。

治水情谊绕心间，合肥老兄悲痛添。

花甲早逝步匆忙，阎王发怒大殿前。

阴阳相隔俗有别，相约碰杯聚九泉。

哭长生老弟

2017年3月28日，姚重年同志来公司办理监理费之事，中午我们就餐于土菜馆。姚重年同志告知，铜陵的老友林长生同志于3月22日心脏病突发抢救无效逝世，享年66岁，噩耗传来，我悲痛万分。我不赞同他不分白天黑夜搓麻将且过量饮酒的生活习惯。

白天黑夜练麻将，烟雾缭绕不离岗。
全神贯注想输赢，疾病隐痛战激昂。
人到暮年不服输，席间饮酒慨而慷。
心肌梗死驾鹤走，孤单老妻哭断肠。

暮年登山

2017年4月2日，我与夫人乐家芝游玩长冲谷。中午就餐后，我攀登屋后的山梁，放眼望去，长冲谷景色秀丽，美不胜收，突然醒来才知是南柯一梦。

残灯微焰弱光亮，艰难攀登小山梁。
藜杖遥指长冲谷，昔日旧貌换新装。

三哭长生老弟

2017年3月28日，姚重年同志来公司办理监理费之事，中午我们就餐于土菜馆。姚重年同志告知，铜陵的老友林长生同志于3月22日心脏病突发抢救无效逝世，享年66岁。突闻噩耗，我悲痛万分。未能见最后一面，我感到遗憾。

去年逢君江滨见，今日掐算已半年。
人间命运难预料，麻将饮酒应防范。
暮年保健抛脑后，身患疾病不住院。
晚闻驾鹤西天去，懊恼未见君遗颜。

游夹山蕻梨园

2017年4月2日，我与夫人乐家芝率汤晓红、汤咏琴和余小龙、汤砺锋到长冲谷乐府做清明。下午顺便游玩庐江县夹山蕻梨园，此园可与砀山县梨园比美。

满眼梨花青山翠，春风吹来雪花飞。
金黄油菜花点缀，踏至仙境人陶醉。

乐府请客

2017年4月2日，我与夫人乐家芝率汤晓红、汤咏琴和余小龙、汤砺锋到长冲谷乐府做清明。诚邀多位亲朋好友相聚，共诉衷情。

依山傍水府向东，朝霞照映满屋红。
弯曲公路通门前，府门敞开贵宾迎。
山珍野味菜肴香，茅台美酒举杯敬。
休假相邀客人至，席间互叙别后情。

冬　泳

2016年元月，我巡查铜陵市水利工地，清晨在湖边散步。见到原水利局潮龙海局长和姚重年局长等几位水利局老同志寒冬腊月冬泳，我看后赞叹不已，佩服他们的勇气和魄力。

铜陵城中天井湖，细雨绵绵落水珠。
冬泳老翁水中秀，强身健体练筋骨。

游虞姬文化园

2017年4月3日清明节，我与夫人乐家芝从合肥出发，儿子汤砺锋从上海出发到庐江长冲谷华老庄祭祀扫墓。又与内弟乐家胜夫妇、乐家帮、乐建明夫妇和娇孙乐媛媛从庐江动身，再到灵璧县向阳乡赵营庄给先人扫墓祭拜，顺便游玩虞姬墓文化园。

楚汉鏖战垓下城，四面楚歌千重兵。
霸王豪气贯长空，虞姬自刎壮烈行。
倾国倾城姿色美，巾帼千秋万人颂。
灵璧似染霸王气，万物亦有佳人情。

科大樱花

2017年4月5日晚饭后，我与夫人乐家芝到中国科学技术大学散步，顺便游玩校内的樱花园。该园樱花朵大花红，观看的人络绎不绝。

科大樱花红烂漫，招引男女至观看。
夜幕降临仍不散，手机频拍留纪念。

参加培训班有感

2017年4月7日，星期五，厅机关党委举办基层党组织标准化建设辅导讲座。机关党委副书记徐文炎同志主持,厅党组成员、副厅长王广满同志做动员讲话,省委组织部组织处杨志斌处长做辅导讲解。我有幸参加讲座,感受颇深,收获颇丰。

标准建设任重远,持之以恒尤关键。
基层堡垒筑坚固,红色江山万代传。

登泗县杨台

泗县唐河畔有杨台,相传是杨老令公点将台。我舅父家住在唐河边,童年、青年的我经常到杨台玩耍,台上异样蚂蚁众多,树木参天,杨柳成荫且有所学校,传奇颇多。现在面目全非。2016 年 7 月,我重游泗县杨台,联想多多。

登临杨台诸事忧,未见昔日学校楼。
练兵广场已铲平,难见传说仙洞秀。
异样蚂蚁觅不到,烈日当空思杨柳。
今天来游实伤感,唯有唐河仍奔流。

摇 旗 助 战

1998 年水利厅党组研究决定,让我退居二线,我顿感轻松。

但是泵站情怀我始终放不下，经常为他们摇旗助战，释放正能量，见到泵站职工我仍倍感亲切。

离岗尤感泵站亲，祈盼贤者来接任。
退休并非事业止，摇旗助战更精神。

斥项俊波

反腐大剧《人民的名义》正在热播，中纪委“适时”抛出了一个重磅“打虎”消息：保监会主席项俊波涉嫌严重违纪，正接受组织审查。项俊波被捉是现实版《人民的名义》。

双料精英项俊波，金融文坛唱高歌。
外敌入侵不可惧，监守自盗引来祸。
台上台下两面容，贼喊捉贼终被捉。
打铁还需自身硬，狂风暴雨方自若。

盼马兄来合肥

2017 年鸡年春节，我拜访挚友马献成兄并约他初夏来合肥做客，现在已是暮春了，见面时间临近，心情更激动。盼早日重逢叙旧。

相隔千里见亦难,暮春风吹万花残。
春蚕到死丝方尽,银发耄耋忙田间。
明镜照看鬓发变,体魄状况不如前。
鸡年春节曾相约,盼兄速来庐州玩。

谷雨采茶

2017年4月19日至21日,由我的夫人乐家芝陪同,水利厅骆华英、秦玉荣、包桂英三大美姬至庐江县长冲谷游玩,她们不辞劳苦,登山采茶。

四月长冲谷雨天,半坡芳茗吐芽鲜。
四位美姬不辞苦,喜采新茶杯中现。

悼夏昭铭同志

1977年我参加援多哥中国农技组,任水利专家,夏昭铭当时是农业专家。回国后他任南陵县副县长,我是庐江县副县长,我们要补农业课,又同在华中农大学习。后他任县长和人大常委会主任，我在省机电排灌总站，经常来往，感情更加深厚。2017年4月12日，我与其夫人通电话，得知老友已于2月22日逝世，噩耗传来，我悲痛万分。

南陵县长夏昭铭，援外求学是标兵。
广袤县域流血汗，勤廉从政立大功。
老兄驾鹤飞西天，合肥老弟未知情。
晴天霹雳噩耗来，仰面东方哭魂灵。

再登屋后山

2017年4月23日，我与夫人乐家芝到长冲谷游玩，夜宿乐府，午休后我登屋后山，欣赏长冲谷的美景。

艰难攀登屋后山，遥望长冲谷美颜。
青山翠竹茶满园，景色迷人不多见。

庐城歌舞

2017年4月中旬，我与夫人乐家芝夜宿庐江县中心城雅室。晚上逛庐江县城，见到处歌舞升平，男女舞蹁跹，生动活泼，气氛盎然。

庐城歌舞日嘹亮，夜幕降临方飞扬。

此景为独潜川甚，升平歌舞谱新章。

观《人民的名义》有感

2017 年湖南省电视台连续播出《人民的名义》，收视率很高。我在庐江县陋室花两天时间全部看完，深有感触。

《人民的名义》大片，塌方腐败荧屏现。

仕途钻营登高位，身败名裂臭万年。

勤廉系民陈岩石，赢得京州人民赞。

位高权重多自律，人生方能谱新篇。

沙瑞金

省委书记沙瑞金，深入基层受人尊。

不跑不送只干事，破格重用暖民心。

田国福

纪委书记田国福，同级监督有难度。

反腐路上新课题，觅寻破解辟新路。

高育良

老谋深算高育良，政坛柔术功夫强。

美女别墅被绑架，情人仗势敛财狂。

李达康

果断专行李达康，亲民书记称得上。

老婆犯罪非姑息，划清界限心坦荡。

侯亮平

反腐精英侯亮平，环境复杂明辨清。

虎胆忠心利剑锋，严惩腐败立战功。

祁同伟

心狠手辣祁同伟，攀爬公安厅长位。

罪孽深重已败露，饮弹自杀九泉鬼。

高小琴

姿色倾城高小琴，山水庄园惹民愤。

强取豪夺财到手，全凭床上功夫深。

赵瑞龙

纨绔子弟赵瑞龙，依仗父权发财疯。

黑道白道齐用上，谋财害命殊精通。

毛娅

贤妻良母数毛娅,终生务农传佳话。

采制茗茶香万里,瑞金书记满口夸。

陈岩石

勤廉干部陈岩石,退休为民记心里。

举报贪官实踊跃,我党先锋好战士。

易学习

勤廉敬业易学习,埋头苦干自奋蹄。

金子埋没终发光,纪检岗位立战绩。

陈清泉

徇私枉法陈清泉,山水庄园洋妞玩。

伤风败俗副院长,枉判大风厂股权。

欧阳箐

银行行长欧阳箐,嫁给达康无感情。

过桥贷款曾受贿,依法判处其徒刑。

赵德汉

小官巨贪赵德汉,每日三餐炸酱面。

崭新钞票满房间,胆战心惊去上班。

肖刚玉

监察内奸肖刚玉，通风报信消息露。

反腐风暴争斗激，最终贪鬼全盘输。

王文革

典型法盲王文革，绑架人质动干戈。

法律渠道不愿走，判刑坐牢尝苦果。

蔡成功

反复无常蔡成功，关押露出真面容。

发小同学亦诬陷，人间世事是坏种。

刘新建

油气老总刘新建，输送巨利心里安。

靠山将倾内心慌，坦白交代争从宽。

程　度

媚上欺下坏程度，厅长身上下功夫。

两副面孔全暴露，囹圄之灾方知苦。

赵东来

公安精英赵东来，抓捕罪犯乐开怀。

风趣幽默品位高，雷厉风行露风采。

陆亦可

女中豪杰陆亦可，反腐路上咏高歌。

齐心协力助亮平，侦破要案贡献多。

季昌平

忠于职守季昌平，反腐斗争未留情。

指挥若定战绩隆，反腐路上立大功。

陈　海

反腐战士名陈海，被害车祸飞来灾。

忠良丹心动天地，窝案告破醒过来。

林华华

美女监察林华华，协助办案传佳话。

机智灵活勤快多，赢得众人齐声夸。

丁义珍

贪官逃跑丁义珍，异国他乡艰难混。

吃尽苦头做杂工，淘金路上遭杀身。

孙连城

心中无民孙连城，懒政无事数繁星。

达康训斥仍不改，京州广域留臭名。

周　正

精干监察名周正，国外追逃显精明。

巧妙核对丁义珍，监察战线留美名。

吴惠芬

法学教授吴惠芬，乐意丈夫找情人。

家丑隐瞒不张扬，享受特权添精神。

潜　规　则

20 多年来干部制度遭到严重破坏，社会形成办事送钱之风，在选拔干部时亦腐败成风。《人民的名义》电视剧第 29 集，省委在“解剖麻雀”办公会上，钱秘书长说：民间流行的几句话意义深刻，值得警惕。归纳如下：

不跑不送降职用，光跑不送暂不动。

既跑又送获重用，选拔干部腐败风。

官 场 之 道

2017 年湖南省电视台连续播出《人民的名义》电视剧，收视率很高。第29集省委在“解剖麻雀”办公会上讨论干部制度问题，其他几集也有关于集权和纪委监督问题的讨论。我将大家的对话和发言归纳为：

楚王好腰细，宫中多饿死。
立春爱网球，网球场建立。
瑞金喜篮球，网改篮球急。
官场捷径路，全心迎上意。

游紫蓬山

2017年4月23日，星期日，风和日丽。我与夫人乐家芝在侄子乐曙东、内侄媳蔡丽的陪同下，游玩肥西县的紫蓬山。肥西县森林覆盖率高，几座小水库，水清澈见底。与几十年前比，发生了翻天覆地的变化。

五龙簇珠紫蓬山，山清水秀映蓝天。
湖畔杨柳频舞动，清风轻吹微拂面。

游八里河风景区

2017年5月3日，星期三，我与陈海东总经理在颍上县排灌所武其宣同志的陪同下，巡查陶坝孜泵站。抽空参观临淮岗控制工程并游玩颍上县八里河景区。晚上我见到崔广华同志和姜成会所长，与他们共进晚餐。

淮北明珠八里河，人造景点高规格。
巴黎凯旋门亦造，南海观音水上婆。
摩轮高空频旋转，振风塔雄迎客多。
游人乐走水廊桥，喜观湖面荡碧波。

盼鸿雁信使队

1977 年至 1979 年，我参加中国援助多哥农技组，任水利专家。每月由外交部派的信使队传递信件。我每月发两封信回国，给灵璧县向阳乡 92 岁的祖母和 66 岁的母亲及庐江县的夫人乐家芝报平安。

遥望故国路遥远，思念亲人泪未干。
祈盼鸿雁信使队，传递信息报平安。

闻林长生驾鹤走

2017 年 3 月 28 日，姚重年同志来公司办理监理费之事，中午就餐于土菜馆。席间得知，我的铜陵老友林长生同志于3月22日心脏病突发，抢救无效逝世，享年66岁，我悲痛万分。

席间饮酒正酣畅，忽闻老弟西天逛。
唯有老兄惊站起，仿佛看到君模样。

赞孙正东

孙正东同志是灵璧县人。在灵璧县向阳乡任书记，后任灵璧县副县长，又转任砀山县常务副县长，竞聘到宣城市委常委兼任宁国市委书记，后又任省政府副秘书长、省农委主任等职，2017年元月任阜阳市市长。

灵璧学子孙正东，故乡磨炼始基层。
砀山广域洒汗水，皖南宁国立殊功。
省府农业勤劳作，阜阳大市赴征程。
勤廉奋发凌云志，誓叫阜阳更繁荣。

忆班家堰之事

1966年春天，我从庐江县回长冲地下涵，路经长冲谷班家堰支渠见到乐家芝在洗衣服,为之心动。2017 年春天,我与夫人乐家芝重游长冲谷,谈起班家堰之事,感慨颇多。

昔日亦在此渠中,偶见夫人娇面容。
淑女当年已嫁我,白头偕老伴终生。

上海见闻

2017 年 5 月 11 日,我与夫人到上海市美国领事馆办签证。坐地铁八号线到人民广场再转二号线到南京西路下,找梅陇广场三号门进美国领事馆办公室。办签证的人特别多,审查很严,从看护照并在右手盖章,到验指纹,再到面试关,足足花了三个小时。一路见闻颇多。

一

沪域地铁老面貌,乘车即见手机潮。
男女老少手机玩,趣闻微信早知道。

二

谦让电梯青年娃,老叟倔强台阶爬。
农民出身不惧累,尊老爱幼传佳话。

三

领馆签证似长龙，争看美国新面容。

昔日人说纸老虎，今朝世界仍称雄。

刹“四风”前酒店

党的十八大前，亦就是狠刹“四风”之前，各大酒店人满为患，各类高级轿车云集，大吃大喝后高歌于KTV包厢。

骄阳西下未落山，高级轿车聚酒店。

精神懈怠不知觉，酒后高歌震破天。

忏　悔

我于1963年8月，从安徽水利电力学校毕业，于庐江县水利局工作19年，其间出国援外2年，参加国防1400建设2年。1982年起任副县长、常务副县长达8年，其间在福建省长乐县挂职1年，参加华中农业大学补农业课半年。1990年调入水利厅，后任公司董事长兼总经理。常年奔波在外，对父母尽孝尚欠，现在忏悔已迟。

夜深人静思绪深，银河繁星晓落沉。

悔恨昔日欠尽孝，晴空长夜忏悔吟。

烦人的杨絮

合肥街道两边杨树茂盛，是亮丽的风景线。它们美化、绿化合肥，功不可没。但是每到5月，春暖花开时节，杨絮到处飞舞，对人的眼睛和呼吸道有不良影响。风和日丽，晴空万里，大人小孩都戴口罩，外地人见状，疑惑不解。2017年5月尤甚，余深受其害。

风和日丽暖风吹，烦人杨絮乱舞飞。

外出人们戴口罩，谨防飘絮侵入肺。

晚饭后消闲

2017年6月20日，我与夫人乐家芝到长冲谷华老庄乐府游玩。晚饭后在乐府客厅消闲，躺在藤椅上，紫砂杯泡一杯香茗品尝，如同神仙的日子。

满眼翠竹映青山，不风不雨晴朗天。

晚风清凉藤椅躺，紫杯茗香绕舌尖。

巡查保蠹河治理工程

2017 年 5 月 24 日，我与陈海东总经理从合肥出发，在胡阳同志的陪同下，巡查岳西县驮尖山下的保蠹河治理工程。沿途满眼崇山峻岭，悬崖峭壁，风景秀丽。

驾车盘旋抵驮尖，叠嶂青山耸云间。
粉墙红瓦小别墅，犹似繁星挂天边。
保蠹溪水流动急，青山绿水伴蓝天。
城市喧闹雾霾多，原始生态独这边。

岳西城河

2017 年 5 月 24 日，我与陈海东总经理从合肥出发，在胡阳同志的陪同下，巡查岳西县驮尖山下的保蠹河治理工程。夜宿岳西县城天际宾馆，早、晚漫步于城河滩地，心旷神怡。

岳西城河璀璨畔，五彩缤纷灯光闪。
林荫曲径风景秀，朝暮市民好休闲。

龙 舟 赛

2017 年 5 月 27 日至 28 日，我与总经理陈海东同志在九华监理公司杨春同志的陪同下，对升金湖治理工程进行了巡查。下午顺便参观搬迁新建的杏花村，正在进行的划龙船比赛练习，勾起我的联想。

竞舟深悲数千年，屈原冤死岂能还？
山清水秀杏花村，端午佳节隆纪念。

赞农田建设

国家对高标准农田建设投入很大，灵璧县已建成一批高标准农田。2017 年清明前后发生旱灾，机井汲水灌溉农田，发挥巨大作用。

淮北平原逢奇旱，汲井灌溉麦苗鲜。
农田建设功不没，惠民政策齐夸赞。

办 证 颂

2017 年 6 月 5 日，我与夫人乐家芝办理公交卡。不论是咨询他人，还是网上查询，都说要户口本、身份证、照片，还要有街道发的优待证。结果只要身份证和照片，几分钟就办妥。

合肥办理交卡简，照片证件呈上前。
弹指瞬间即办妥，妪叟喜悦跷指赞。
地铁公交任你坐，欣赏庐州美容颜。
桑榆朋友优惠多，大湖名城走在前。

长冲谷晨景

2017 年 6 月 2 日，我与夫人乐家芝到长冲谷游玩，夜宿乐府，清晨起来观看长冲谷晨景，确是美不胜收。一轮红日从东方冉冉升起，顿时云雾消散。

旭日东升红可爱，长冲谷里云雾开。
青山绿水满眼帘，招引游人接踵来。

暗　访

2017 年 6 月 4 日,我坐高铁到宿州东站下,再坐出租车到濉溪县黄桥闸工地暗访。我全部看完走了,业主、施工单位才知道。这样能了解真实情况。

六月动车乘客少,风驰电掣似箭飙。
巡查黄桥闸工地,监理暗访人不晓。

巡查泗县高标准农田

2017 年 6 月 10 日,我与总经理陈海东在秦风总监代表的陪同下,冒雨巡查泗县屏山片高标准农田建设。

冒雨巡查屏山片,银豆蹦跳轿车前。
质量安全皆重要,监理切记严把关。

悼 袁 义

袁义同志是我的夫人乐家芝的姨老表,从小在艰苦的环境下磨炼。他于1981年开始教师工作，在农村勤勤恳恳耕耘讲台近40年，桃李满天下。我敬佩他的敬业精神。

惊悉袁义驾鹤走，合肥理真思未休。

环境艰苦人磨砺，敬业执教精神留。

灵城歌舞

2017年6月15日，我巡查泗县屏山片高标准农田和灵璧县的饮水工程。夜宿中沛宾馆。晚饭后散步至灵城广场，到处是歌舞升平、繁荣昌盛的景象。

灵城满明月，到处歌舞声。

夏风吹满面，大妈更精神。

巡查黄墩河工程

2017年6月17日，在鲁国建、佘长明、张敏昌等同志的陪同下，巡查黄墩河工程，欣赏千年黄墩老街。中午杨忠心老板安排在李昌飞同志经营的碧云山庄就餐。

一

风景秀美大岳山，千年黄墩老街建。

从前商贾云集地，今朝繁荣更璀璨。

二

碧云山庄玲珑雅，中央盛开睡莲花。

烧鹅贴饼真美味，烹饪技艺称奇葩。

漫步绣溪公园

我与乐家芝到庐江县走亲访友，夜宿中心城陋室，晚饭后常到绣溪公园散步消闲。此公园接近移湖水库，从泄洪河穿过公园，中间自然形成小气候，夏天湿度大，凉爽。

绣溪公园小气候，傍晚园内凉风飕。

锻炼人们纷沓至，消闲自在漫步走。

苦　读

我原来是学农水工程的，数学基础好，从未写过诗。从事监理工作，走南闯北，有写诗的题材。业余开始学写诗，坚持不懈地努力，至今日，作《草根集》《草根续集》共444首，已出版发行，现在又作440首，正准备出版。

苦读唐诗兴趣浓，三更半夜方熄灯。
眼痛腰酸床上躺，琢磨仗韵睡梦中。

东升旭日

2017年6月初已是仲夏，我与夫人乐家芝游玩长冲谷。清晨起来到外面散步，走到水塘边，东升的旭日映塘中，景色将我惊呆，确是壮观。

东升旭日映塘中，塘水半清半边红。
今日已是仲夏晨，风吹草晃翠竹动。

贺民间文艺盛会开

2017年6月20日，庐江县民间文艺家协会盛会召开。我本应作为嘉宾参加本次盛会，却因故未能参加。深感遗憾，作诗纪念。

庐江民艺盛会开，参会人员乐开怀。
换届选举班子新，草根文艺展风采。

美食广场

2017年6月24日，我与夫人乐家芝到科大校园散步。那里空气好，绿树成荫，温度与外边相差2℃左右。在美食广场旁高大的悬铃木树下，我静坐在靠椅上，观看顽童玩耍，实在是乐趣无限。

残阳霞光映广场，科大学子就餐忙。
各路顽童纷沓至，妪叟依坐靠椅上。
滑板单车花式多，孩童玩耍心欢畅。
夜幕降临人散尽，校园夜灯齐闪亮。

赞垦荒人店

2017年6月30日，垦荒人店联系人方小霞女士，带领我们水利大院的部分老同志到合肥科技馆附近的垦荒人店，边品尝农产品边听营养讲座，受益匪浅。

中巴直抵垦荒店，有机食品任品鉴。

热情周到服务佳，满载食品把家还。

赞田晓峰同志

7月4日，星期二，乐建明与夫人夏云来合肥。由董子波夫妇宴请，田晓峰夫妇、刘明道夫妇、韩先智夫妇作陪。席间田晓峰同志最为活跃，当然是他当酒司令。

老当益壮田晓峰，开怀畅饮逞英雄。

战遍全桌无敌手，赢得众人喝彩声。

赞王宇导游

2017年7月5日至10日，我与夫人乐家芝和夏云女士随旅行团，在王宇导游的带领下游玩北戴河、秦皇岛、承德避暑山庄、乌兰布统大草原等景点，收获颇丰。

导游名小王，讲解周全详。

服务热情佳，行业树榜样。

北　戴　河

2017年7月5日，高铁到达北戴河住非常海宾馆32层。在阳台瞭望大海，真是美轮美奂。宾馆离海边只有300米，晚餐后我到海边游玩，欣赏大海海纳百川的胸怀。

一

北戴河域名胜俏，海滨风景尤美娇。

国内国外游人至，尽情享受海浪潮。

二

昔日皇家避暑地，今朝百姓来休息。

园林建筑玲珑美，游人来此齐称奇。

三

浩瀚迷雾接苍天，惊涛骇浪拍岸边。

低目观看别墅小，遥望海上小乐园。

游鸽子窝

2017年7月6日上午，我与夫人乐家芝和夏云女士及其他团队成员共48人在导游王宇的带领下，游玩鸽子窝景观，感受“大雨落幽燕，白浪滔天，秦皇岛外打鱼船”的盛景。

大浪带小浪，尤似母子样。
昼夜无穷尽，造就海风光。

避暑山庄

2017年7月6日上午，我与夫人乐家芝和夏云女士及其他团队成员共48人在导游王宇的带领下，游玩久负盛名的承德避暑山庄。

承德避暑美山庄，皇权享乐民遭殃。
昔日权贵避暑地，今朝百姓任观赏。

乘帆船

2017年7月6日上午，我与夫人乐家芝和夏云女士坐帆船遨游大海，学扬帆起航、操舵的本领，趣味无穷。

乘坐帆船出海游，欣赏浩渺风景秀。

神州游人纷加入，岂惧沧海加横流。

坝上晚宴

2017年7月7日下午，我与夫人乐家芝和夏云女士及其他团队成员共48人在导游王宇的带领下，驱车到达乌兰布统大草原的坝上草原。晚宴丰盛，具有民族风味。

坝上草原好风光，牛羊成群吃草忙。

绿洲衬托蒙古包，游人到此心舒畅。

晚宴更具民族味，烧烤全羊美味香。

篝火烟花齐燃放，民族歌舞震天响。

登坝上山

2017年7月8日，我因腰椎间盘突出开刀不能参加草原深度游。我在宾馆休息，受大自然美景的吸引，我心神不定，登上宾馆后山，欣赏大自然的美景。

一

夏高气爽坝上有，蓝天白云映绿洲。

登高极目天际边，祥云变化尽飘游。

二

登高心躁风拂面，凉风劲吹身无汗。

天赐美景大草原，不虚此行心里甜。

体验蒙古包生活

2017年7月8日，我因腰椎间盘突出开刀不能参加草原深度游。我在宾馆休息，受大自然美景的吸引，我心神不定，登上宾馆后山，欣赏大自然的美，再进蒙古包体验生活。

绿洲蒙古包相伴，避雨挡风又御寒。

体验蒙古生活简，老翁离开由衷赞。

乌兰公河漂流

2017年7月8日，我因腰椎间盘突出开刀不能参加草原深度游。我在宾馆休息，受大自然美景的吸引，我心神不定，登上宾馆后山,欣赏大自然的美。再漫步于乌兰公河畔,观看漂流。

乌兰公河漂流玩,水质洁净尘不染。

青年男女多聚集,坐筏漂流解愁烦。

游百草原

2017年7月8日至9日,我与夫人乐家芝和夏云女士随旅行团在王宇导游的带领下游玩百草原,收获颇丰。

大巴抵达百草园,观看马术歌舞演。

骑马奔跑心怒放,喜坐马车笑开颜。

羡慕深度游

2017年7月8日,我因腰椎间盘突出开刀不能草原深度游。我在宾馆休息,受大自然美景的吸引,我心神不定,登上宾馆后山,欣赏大自然的美。羡慕夫人乐家芝和夏云女士等团友参加草原深度游。

浩荡车队深度游,走遍草原人未休。

民族风情全领略,生动场景脑中留。

赞乌兰布统大草原

2017 年 7 月 8 日至 9 日,我与夫人乐家芝和夏云女士随旅行团在王宇导游的带领下,游玩乌兰布统大草原,收获颇丰。

晴空万里白云翻,广袤绿洲映蓝天。
牛羊成群吃草忙,马儿奔跑摩托赶。
空气洁净尘不染,原始生态独这边。
神州游人纷沓至,乐享纯美大自然。

赞马术表演

2017 年 7 月 9 日,我与夫人乐家芝和夏云女士随旅行团在王宇导游的带领下游玩百草原,收获颇丰,满载而归。

民族情歌空中荡,骏马奔腾尘飞扬。
马术精湛压群芳,歌舞生动寓意长。

赞北京南站小红帽

2017年7月8日至9日，我与夫人乐家芝和夏云女士随旅行团在王宇导游的带领下游玩北戴河、秦皇岛、避暑山庄，再到乌兰布统大草原，收获颇丰，满载而归。旅行结束到北京南站坐动车回合肥。

北京南站小红帽，服务热情又周到。
收费微薄不足奇，老弱病残不可少。

坐动车观光

2017年7月8日至9日，我与夫人乐家芝和夏云女士随旅行团在王宇导游的带领下游玩北戴河、秦皇岛、避暑山庄，再到乌兰布统大草原，收获颇丰，满载而归。10日再到北京南站坐动车回合肥。

动车奔驰向前方，平原广阔美风光。
满眼别墅小村庄，老翁观赏心激荡。

赞方小霞

2017年6月26日，我走在去办公室的路上，遇到方小霞女士。她简单地向我介绍科技馆旁垦荒人店的情况并送我一本关于北大荒情况介绍的书，从此认识了她。接触不足一个月，她给我和夫人乐家芝留下很深的印象。

垦荒人店方小霞，勤奋敬业传佳话。

热情服务周到全，妪叟喜悦跷指夸。

巡查颍上临泉工地

2017年7月18日至19日，我与陈海东总经理巡查颍上县陶坝孜泵站和七道桥梁，以及临泉县杜庄、张老庄、前林、房庄、王楼水场工地。高温37℃，业主要求我们避开高温时段上班并备足防暑降温物品，目睹此景，老翁心情舒畅。

一

高温酷暑炎热天，巡查工地未停闲。

施工监理坚守忙，水利建设做贡献。

二

业主运筹暖心间，避开高温始生产。

防暑降温料备足，双管齐下保安全。

警示教育

2017年7月27日，排灌总站党总支组织员工，在会议室，由董爱军同志主持并邀请厅纪检组谢长春同志，作警示教育报告。警钟要长鸣，我听此报告，受益匪浅。

警示教育走在前，反腐利剑头顶悬。

风清气正好生态，排灌总站换新颜。

青山绿水颂

建设生态文明是关系人民福祉、关乎民族未来的大计，是实现中国梦的重要内容。习近平在纳扎尔巴耶夫大学回答学生问题时指出："我们既要绿水青山，也要金山银山。宁要绿水青山，不要金山银山，而且绿水青山就是金山银山。"

节约能源要率先，珍惜资源非怠慢。

保护环境是根本，青山绿水金银山。

春天的雪花

2017 年正月已经立春，倒春寒来袭，显得格外寒冷。突然天降雪花一阵，长冲谷仍沉浸在冬天的气氛中。

立春已过寒侵家，路边难见草嫩芽。
银雪欺负春来迟，乱舞树间似落花。

贺张效武奉命任指挥长

引江济淮工程，被称为安徽的“南水北调”工程。它是一项以工业和城市供水为主，兼有农业灌溉补水、生态环境改善和发展江淮航运等综合效益的大型跨流域调水工程，亦是安徽省水资源配置战略工程和全省经济社会发展与水环境改善的重大基础设施。省委决定，由水利厅原副厅长张效武同志任安徽省引江济淮公司书记兼董事长。

引江济淮大工程，横穿江淮分水岭。
千里江水送淮河，大禹九泉梦惊醒。
效武奉命任指挥，千军万马筑水龙。
遥想竣工输水时，历史铭记千秋功。

赞罗海金

2002年本公司与罗海金同志开始合作,经过十几年的磨合,配合默契。他的监理业务能力很强,做事认真,兴趣广泛,业余时间特别爱好做舰船的模型和雕刻工艺。

业余工匠手艺高,捡来树根精细雕。
惟妙惟肖韵味足,偷闲观赏暗自豪。

巡查节水灌溉工程

2017年8月4日,我坐高铁到宁波市,再坐大巴到象山县,在罗海金总监的陪同下,巡查四洲头镇节水灌溉工程。该工程原是混流泵改离心泵,因设计错误,导致灌溉效益不如预期,引起民愤。我看后,深有感慨。

千里奔波到象山,巡查节水灌溉田。
吃少拉多违规律,机泵水管颠倒选。
沿程弯头设计多,水头损失甚可观。
开机提水不如前,百姓牢骚怒冲冠。

空调办公室

2017 年闰六月，伏天长达 40 天。从 7 月开始，持续 40 ℃左右高温达 20 天之多。外边高温难忍，用电量骤增，办公室空调全开，凉爽舒适。皇帝御书房不如我们办公室。

高温酷暑夏昼长，空调开启室凉爽。

赋诗上网阅文件，回首贻笑御书房。

上海晚宴

2017 年 8 月 6 日，我从合肥坐动车到上海，一家人在五角场附近哈曼顿酒店吃自助餐。大成、大宝特别活跃，我观之喜在心头。

一

哈曼顿店自助餐，山珍海味任君选。

五湖四海人纷至，饮足吃饱心怡然。

二

大成恭恪未停闲，暴吃细饮尽光盘。

依依惜别情难舍,相约下次再聚餐。

严格安检

2017 年 8 月 7 日,娇孙汤恭恪率我与汤砺锋和王芳到日本旅游。在上海吴淞口等豪华游轮的游客有 3900 多人,安检与坐飞机同等严格。

豪华游轮客人众,游客登船似长龙。

安检繁杂严格控,多管齐下防漏洞。

豪华游轮

2017 年 8 月 7 日,我们坐“诺为真喜悦”号游轮去日本。该游轮总吨位是 167725 吨,总长 1094 英尺,总宽度 136 英尺,载客为 3883 人,服务人员 1821 人,各种大型娱乐设施俱全,简直是娱乐超级新天地。

豪华游轮大海航,迎风劈涛战巨浪。

标准房间胜宾馆,阳台乐观海风光。

中西餐厅六大厅,品种繁多任君尝。

娱乐场所大而全,客人游玩心舒畅。

赛车等娱乐

2017年8月9日，在船上结识几位异地小朋友，玩得更开心。特别是游泳场和赛车、漂流等项目更是刺激，受到青年人热爱。

一

船上露天游泳场，大宝游泳精神爽。

老翁观看兴趣浓，拍手喝彩心激荡。

二

赛道上下几盘旋，恭恪驾车勇向前。

沿途碰撞险阻多，誓夺名次始下鞍。

三

恭恪漂流尤勇敢，飞流直下频繁颠。

碰撞克险到终点，老翁兴奋跷指赞。

游轮活动

2017年8月9日，我在娇孙汤恭恪、儿子汤砺锋、儿媳王芳的陪同下,参观游轮的设施并观看娱乐项目。

标准间

典雅舒适标准间,门窗关闭尤安全。

外界干扰尽排除,昼夜休息好睡眠。

赌博场

豪华场阔赌博馆,众人围坐桌两边。

公海赌博始开放,大宝怒止我等玩。

歌舞表演

金碧辉煌大礼堂,国外歌舞更嘹亮。

精湛演技舞台现,童叟观看心激荡。

意大利餐厅

2017 年 8 月 9 日,连续吃自助餐,娇孙不乐意,要求换口味。儿子汤砺锋与儿媳王芳商量,满足娇孙汤恭恪的要求,到意大利餐厅吃西餐。该餐厅位于船尾,可边吃边看外面的风景。

观浪花

船航浪花开,瞬间串起来。

海上浪花景,余观乐开怀。

餐厅

意大利厅位船尾，咀嚼国外菜美味。

浩瀚大海波浪翻，航行劈浪景色美。

用餐难

刀叉使用非熟练，吃菜用饭实艰难。

祖宗遗留筷一双，得心应手殊方便。

日本福冈

2017年8月10日早晨，我们到达日本的福冈市，参观太宰庙和福冈公园。据导游介绍，该公园是模仿杭州西湖而建，规模小得可怜。

一

东瀛日本多小岛，尤似浩瀚海上漂。

摇晃欲坠往下沉，自不量力时霸道。

二

杭州西湖移福冈，环境优美数我强。

偷我西湖来模仿，日本惯用鬼伎俩。

登高瞭望

2017 年 8 月 10 日，从日本返回上海途中，我登上游轮的二十楼，极目瞭望大海，景色真是美不胜收，岛屿擦肩而过，海风拂面而来，我尽情享受大海的美。

一

电梯直上二十楼，乐观大海风景秀。

惊涛骇浪疯狂涌，老翁兴奋暖心头。

二

登高遥望台湾岛，两岸统一属妙招。

神州人民齐努力，誓把“台独”抛云霄。

坐高铁遐想

2017 年 8 月 11 日，上海 36 ℃，合肥 36 ℃。我坐高铁从上海回合肥。此次旅游宗旨是陪娇孙汤恭恪坐豪华游轮到日本福冈游玩。我们在游轮上玩得开心、痛快。

酷暑高温高铁行，车内凉爽空气新。

路旁田园风光美，始知老朽幸福人。

赞睿智童

2017年5月的一天，我在从办公室回家的路上，认识谭博宇睿智童。我俩轻松攀谈，非常温馨，以后多次见面攀谈。该童聪明机灵、善解人意，非常好玩。

半路结识睿智童，轻松攀谈并肩行。

叟童相识缘分深，祈盼天天能相逢。

四季忙

2017年，我已是76岁的老朽之人，春天抓紧时机读书上网赋诗，夏天酷热还埋头房间写诗读书，秋天更是马不停蹄地工作，冬天偶尔坐高铁到上海与娇孙玩，享受天伦之乐，幸福也！

春

万紫千红是春天，风和日丽好耕田。

粉蝶花间采蜜忙，老翁读书莫等闲。

夏

梅黄杏肥夏已至，满山遍野万花稀。

农民田间勤劳作，老朽赋诗自奋蹄。

秋

桂香蟹肥秋已尽，秋季植物未停垦。

《草根三集》又出版，硕果累累忙煞人。

冬

暴雪纷飞天严寒，动车座位似春天。

老叟偷闲看娇孙，上海千里半日还。

没伞跑得快

读吴昭旭同志《没伞的孩子》有感，赋诗和之。该同志是安师大中文专业高才生。历任中学教师、校长，马鞍山市建委主任，水利局局长等职。他文学功底深厚，赠《敦敦集》予我。我反复阅读，该书很有深意。

暴雨银豆落面前，没伞孩子跑得欢。

土豪家庭子抛荒，贫穷磨炼孩拔尖。

巡查蒙城土地整治

2017年8月23日，星期三，我与陈海东总经理在黄伟总监的陪同下，巡查蒙城土地整治工程，听取施工单位、驻地监理的介绍，与业主王晓峰主任交换意见。晚宴在蒙城人家，见到当年老友张怀清、李健、朱亚洲等同志，孙云身体欠佳，未能如愿见到。

驾车千里到蒙城，巡查工地步未停。
土地整治标准高，业主运筹细有功。
施工单位精心做，监理把关严先行。
参建各方齐拼搏，共筑精品留美名。

泗县见老友

2017年8月24日晚上，张金涛董事长委托秦凤总监代表，在泗县酒店举行晚宴。我见到徐桂荣、柏良立、刘兴启、张道兰等同志，开怀畅饮，其乐无穷。王立珊同志出差在外，未能见到，十分遗憾。

老友相见情激荡，开怀畅饮显雅量。

国事家事齐倾诉，幽默趣闻笑声扬。

赞罗河铁矿集团

2017年9月9日，应江守银、丁成腊夫妇之子江华之邀，我与夫人乐家芝和陈海东到罗河铁矿有限公司游玩。我和江守银老翁在江华、刘长洲同志的陪同下，参观罗河矿业集团并下千米深矿井体验，坑道纵横交错，犹如迷宫一般。我因参加肥东县太子山下1400国防工地建设，打过山洞，故而对矿井有特殊的感情。

一

合铜高速路西畔，出矿主井耸云端。

矿石从此运各地，只为炼钢做贡献。

二

开矿作业自动化，工人操作精细佳。

规章制度严要求，精细运作无误差。

三

纵横交错洞相通，送风机开气流动。

警示标语坑道现，安全生产不放松。

四

深井千米暖侵身，亲临其境体会深。

矿工辛劳贡献多，中华梦圆大功臣。

五

昔日偏僻脏农村，今朝洋楼绿树荫。

田园风光无限美，乐此办公长精神。

勘察石料场

2017年8月29日，星期二，我与陈海东总经理及鲁国建、佘长明、张敏昌等同志在沈献林矿长的陪同下，勘察庐江县凤岭石料场水土保持问题。

勘察凤岭石料场，开采有序遵规章。

各项措施皆落实，安全生产创辉煌。

妪叟觅健康

九华山庄地下室，有几十个座位，相当于会议室、健身场地。因此，每天妪叟络绎不绝，来到九华山庄，集聚在门口等候进入健身场。余观此景，感慨颇多。

九华山庄健身场，妪叟聚集心欢畅。
轻松静坐磁场中，桑榆晚霞觅健康。

乐购手机

2017年9月1日，星期五，我的手机突然坏了。我到大钟楼附近连跑几家手机店，最终选择谷美手机连锁店，他们服务热情，技术精良。

大钟楼旁谷美店，服务热诚周到全。
精良技术解难题，乐购新机回家还。

去三门象山巡查

2016年9月，我坐汤英明车长途跋涉，从合肥去三门县巡查几个水利工程。马不停蹄又路过宁海到象山县巡查。傍晚在山峰叠嶂处停车休息片刻，突然细雨飘洒，秋风凉意浓，颇有感触。

坐车人疲山中行，夕阳晚霞西边红。
山风阵阵吹空林，秋风飒飒拂面冷。
细雨突来侵凉意，柏油公路好驰骋。
跋山涉水远行客，辛劳只为监理情。

惜别乐府

2017年9月金秋，我与夫人游长冲谷，在乐府做客。乐家胜夫妇、乐建明夫妇、乐加帮等设宴招待，饭后，大家依依惜别。

天高云淡空气鲜，不忍离别酒已酣。
举杯凝视东边指，断肠美景月亮湾。

残疾人赵广催

赵广催同志是我的老表，灵璧县韦集镇双龙村人。2016年春节我们在泗县草沟镇万巷庄见面，他近60岁，幼年因火烧被截肢，因此终身未娶，孤单一人。党对残疾老人优惠政策多，能住公寓，安度晚年，轻松快乐。

童年火烧腿致残，终身未娶单身汉。
岁近六旬顽强搏，起居自理诸不便。
逢年过节孤身单，凄凉悲惨度日艰。
残疾老人住公寓，欢乐轻松度晚年。

春天采茶

2017年5月，一天，我与夫人乐家芝游长冲谷，大雾迷漫。太阳升高后，大雾慢慢散开，青山呈现在眼前，涧溪流水声潺潺，人们唱起山歌忙采茶。

山峰叠嶂雾缭绕，涧溪水流似人笑。
云消雾散青山现，采茶姑娘歌声高。

游览上桥站

2017年9月7日，省机电排灌总站组织全站离退休党员由董爱军主任带队到上桥泵站游览学习，顺便参观蚌埠闸。大家情绪高昂，踊跃参加。杨健局长很重视此次学习，派专人陪同并讲解、演示。该枢纽管理精细，硕果累累。若全省泵站都能如此，老翁死也瞑目也！

大巴驶抵上桥站，妪叟参观未停闲。
机泵洁净尘不染，建章立制走在前。
全站实现自动化，枢纽数据荧屏现。
职工欢快做操忙，站外风景似花园。
全体职工热情高，安徽泵站闪光点。
独花怒放不为春，万紫千红是春天。

游览蚌埠闸

2017年9月7日，省机电排灌总站党总支组织全站离退休党员由董爱军带队到上桥泵站参观学习，参观蚌埠闸。大家情绪高昂，踊跃参加。淮河局蚌埠闸魏现玉书记介绍情况并放映专题片。

一

淮上明珠蚌埠闸，雄伟枢纽浪溅花。
精细管理出硕果，领跑全省传佳话。

二

黑牛嘴处生态园，进入顿觉空气鲜。
千亩荷花争斗艳，风光美景璀璨闪。

三

望淮角台位置佳，雄伟枢纽惹人夸。

总理多次来登临，九泉大禹羞答答。

赞檀华芬

檀华芬同志是水利战线老兵，任农水处处长多年，原是省设计院规划处的高手。白湖东大圩1983年破圩行洪，保杨柳圩的安全，他是防汛抗旱指挥部的特派员，我与他和白湖农场的林工亲临现场当参谋，他给我留下很深的印象。暮年回忆诸事，其乐无穷。

勤奋敬业檀华芬，安徽水利是功臣。

杭埠河畔足迹留，破圩行洪前沿奔。

各方意见虚心听，深入察看尤勤恳。

最佳方案得实现，既往回眸倍感亲。

赞叶荣斌

我公司2002年进入浙江省宁波市市场，时间不长，我们就认识安徽老乡叶荣斌同志。通过十几年的交往相处，我与他建立了感情，增进了友谊，成为难得的挚友。

远方挚友叶荣斌，助人为乐是本分。
豪爽精练军干部，现役能武又能文。
转业地方做贡献，公正廉明心系民。
待人诚恳友谊建，挚友情谊思念频。

观皇城海浪

2017年9月16日，我与陈海东总经理从三门县到象山县巡查水利工地。先巡查金石海塘和小水库工程，然后到皇城海滩观看，我见到受台风影响而形成的翻江倒海壮观景象，心生快乐。

翻江倒海涛花溅，惊涛骇浪击岸畔。
近观游人避浪跑，遥望大海与天连。

赞象山县

2002年，我公司就进驻宁波市象山县监理市场，认识了不少朋友。象山县环境优美，适合人们居住，我热爱象山。2017

年9月16日，我与陈海东总经理巡查象山县水利工地，与市局薛琨副局长、原主任叶荣斌、余红兵三位同志在丹城见面、畅谈，我感慨颇深。

一

海滨明珠象山县，风景秀丽璀璨闪。
人间仙境宜居地，体魄健康逾百年。

二

皖籍老乡聚丹城，举杯酣饮藏真情。
一醉方休愁眉展，惜别何时再相逢。

合肥聚会

2017年9月18日，星期一，淮北市水利局刘红军总工来肥开会。董爱军主任设简餐招待，我应邀参加，还有茨淮新河管理局的朋友、设计院的朋友参加，大家开怀畅谈创建篇，气氛热烈融洽。

新朋老友聚合肥，欢声笑语桌上飞。
开怀畅谈风度显，诸位尽兴轻松归。

秋天散步

2017年9月19日，我与夫人乐家芝去庐江县游玩，夜宿中心城陋室，晚饭后到绣溪公园散步锻炼身体，潇洒惬意。

秋天凉意寒气添，微寒正是舒适天。
晚趁凉风散步走，身体健康多锻炼。

赞推进会

2017年9月21日，星期四，我参加滁州市水利局召开的滁河治理工程推进会。管理局各科室、三县、区管理处同志及监理单位总监和公司负责人参加会议。奚学军副局长做总结发言，言简意赅，实事求是，老叟受益匪浅。

推进会开精练短，业主运筹未停闲。
言简意赅督促频，施工监理战尤酣。
滁河治理来非易，紧抓质量与安全。
齐心协力战百天，誓铸皖东闪光点。

赞 合 作

2017 年 9 月 24 日,安徽省高等级公路监理有限公司与安徽江淮水利建设监理有限公司联合监理,取长补短,共同发展,为公路、水利事业做贡献。

公路水利姻缘牵,合作共赢虎翼添。
鲲鹏展翅九万里,誓为神州做贡献。

忆 读 书

1957 年 8 月,我考取固镇初级中学,离家 70 里路。因为家境贫寒,无钱买饭票。每星期六下午两节课后才可回家拿干粮。星期日上午准备,下午赶回学校,经常走黑路。一次回家途中遇见新坟,全身冒冷汗,奋力疾走赶回家。时隔多年,此情此景经常在余脑海中出现。

苦雨冬风骤然停,泥泞曲径勇前行。
偶遇新坟眼前现,夜幕降临看不清。
惊吓冷汗浸衣襟,忽闻张庄狗叫声。
奋力疾走赶回家,兹此艰辛冠平生。

观《巡视利剑》专题片有感

从2017年9月7日开始,中央电视台在黄金时间连播《巡视利剑》四集专题片。其中享受副部级待遇的“五假”干部卢恩光的仕途经历真是对干部选拔有力的讽刺。

“五假”干部卢恩光,青云直上副部长。
金钱铺路绿灯开,干部选拔太荒唐。

凝听残疾人李智华演讲

2017年9月25日,我小学同学从怀月微信传来双手残疾的女孩李智华的励志演讲。她家境极其贫寒,用脚生活、干活、写字,完成大学本科学习,成绩优异。演讲时还不时表示未报父母恩,毫无怨天尤人之意。

童年火烧双手残,生活起居特辛艰。
立志用脚代替手,干活写字苦训练。
功夫不负恒心人,大学本科课堂现。
演讲声声父母恩,凝听簌簌泪满面。
残疾尤胜正常人,伟大高手在民间。

驾艇游金汤湖

2017 年 7 月,我与夫人乐家芝游玩长冲谷,再游金汤湖。刚坐上游艇,天气突变,黑云滚滚,周围山被遮掩得严严实实,暴雨随之而来,很快雨过天晴,金汤湖平静如常。

一

黑云墨涛遮挡山,银豆蹦跳偶入船。
狂风暴雨席卷过,金汤湖水似镜面。

二

轻摇扁舟平湖间,两岸美景览不完。
水映青山松竹美,白云漂游山峰巅。

贺党员盛会开

2017 年 9 月 28 日,安徽省机电排灌总站党总支召开全体党员大会,董爱军代表总支对 6 年来工作进行总结并提出今后部署。水利厅党组重视此会,徐业平、周光明、郑正等同志参加会议,会议选举了新的总支班子。徐业平副厅长代表厅党组做语重心长的讲话,盛会胜利圆满结束。我参加会议,感受颇深。

党员盛会开隆重，奋斗目标辉煌明。

先锋战士顽强搏，引领泵站勇前行。

接孙见闻

2017年9月30日，我与夫人乐家芝和亲家郜东升、亲家母王爱芝到兰生复旦中学接娇孙汤恭恪。学校门口轿车、家长排成长龙，我观其盛景，感慨良多。

兰生中学新气象，轿车人群排队长。

问君缘何这模样，妪叟接孙心舒畅。

独生子女娇惯养，六位亲人心坎上。

神州大地怪现象，但愿成才做栋梁。

上 海 叹

2017年国庆、中秋长假共有8天，我与夫人乐家芝9月28日就兴致勃勃来到上海与娇孙团聚。因娇孙汤恭恪闭门读书，没有时间陪我们玩，我们闲得无聊，常到附近的黄兴公园逛逛、散心。

一

黄兴公园风景秀,众人游玩乐心头。

娇孙闭门苦读书,妪叟无聊乐转悠。

二

公园里面游乐园,睿智顽童玩得欢。

老翁凝视眼欲穿,疑似娇孙亦在玩。

三

娇孙成绩降有因,精力分散又走神。

网络游戏贻害人,苦戒成绩直线升。

赞中科大女足队

2017 年 10 月 5 日,我从上海回合肥,晚上散步于中国科学技术大学运动场。天下小雨,气温骤降,女足姑娘还在运动场苦练本领,我观之有感。

中科大学女足队,冒雨苦练到天黑。

顽强拼搏精神嘉,校长知晓笑声飞。

坐车观大湖盛景

2017年10月7日，我与夫人乐家芝率陈海东、汤晓红，朱峰和乐林陪同乐家胜、王胜萍、乐家帮、乐建明、夏云等游玩环巢湖大道。坐两辆轿车同行观大湖盛景，感慨万千。

环湖大道宽又敞，花木绿荫植两旁。
青翠远山耸立望，姥山屹立湖中央。
昔日散兵石料场，今朝已穿绿衣裳。
中庙容颜巨变样，美食菜肴扑鼻香。
惊涛骇浪拍岸响，坐车观景神飞扬。

登伏岭遥望

2017年10月9日，我与夫人乐家芝游玩长冲谷再游金汤湖。站在伏岭遥望，金汤湖景色优美，令人心旷神怡，是汤池镇饮用水的优质水源。

攀爬伏岭小山岭，遥望金汤湖艳容。
酷似农家大水瓢，城镇饮水立殊功。

赞池州

2017 年 10 月 10 日，我从合肥南站坐高铁到池州市，签订合同并巡查池州市水利工地。我在杏花村与水利同人相聚，开怀畅饮，好不惬意。

一

风驰电掣到池州，杏花村里饮美酒。
昔日李白千杯少，今朝老叟几盅愁。

二

满眼翠微风景秀，青山绿水宜居悠。
九华菩萨佛光照，体魄健康延长寿。

羡渔民

2017 年 10 月 10 日，我与张黄兵总监到池州市农发局签订监理合同，回来时走枞阳县轮渡过江回合肥，看江上有几艘渔船在江中漂游打鱼。同轮渡的人告诉我，政府安排渔民上岸居住，他们不乐意，认为还是在船上生活潇洒。我很羡慕。

乐驾孤舟水上漂，风急涛险恶浪高。
不慕岸畔小别墅，渔民锐意任逍遥。

黄山市徽州区

2017年10月11至12日，我从合肥坐动车到黄山市徽州区巡查丰乐河治理工程，并与水利局签订监理合同，在方志辉副局长提议下我们参观了岩寺镇新四军军部旧址，我受益匪浅。

一

流星赶月奔向前，翠微山峰映眼帘。
粉墙黛瓦居民楼，彰显皖南山村艳。

二

八省组建新铁军，抗日烽火铸军魂。
岩寺人民贡献大，不忘初心勇奋进。

外孙余晓龙

2017年10月14日，我与夫人乐家芝从合肥出发到庐江中学看望正在读高二的外孙余晓龙同学，方知晓龙获得学校颁发的“进步之星”称号，妪叟非常高兴并向他表示热烈祝贺。

东顾山下新庐中，优美环境藏精英。
两年拼搏寒窗苦，晓龙获得“进步星”。
再接再厉乘势上，勇夺班级前几名。
踏进高等学府门，阖家欢乐喜庆功。

贺党的十九大召开

中国共产党第十九次全国代表大会于 2017 年 10 月 18 日上午 9 点，在人民大会堂隆重召开。我作为一名党员，心潮澎湃，兴奋有加。

一

党的盛会“十九大”，神州尤似锦绣花。
先锋战士勇奋进，誓叫全球齐赞夸。

二

反腐利剑永高悬，风清气正满人间。
繁荣昌盛新气象，泽惠庶民千秋暖。

赞合肥地铁

2017 年 10 月 20 日，我与夫人乐家芝出于好奇心，试坐合肥地铁游玩。我们手持交通卡，坐车免费。夫妻二人心情舒畅，体验地铁的便捷，享受大湖名城的优惠。

合肥地铁崭新貌，妪叟首坐兴致好。
大湖名城虎添翼，工匠建造技艺高。
运行平稳噪音小，两边亮丽映大道。
乘务人员服务周，市民乘坐特骄傲。

大 湖 名 城

2017 年 10 月 19 日，我坐公交车到合肥南站，半个小时即办理好取票手续。在宽敞的候车厅里静坐候车，我感慨万千。

徒步几里赶公交，欣赏南站分外娇。
公交出租地铁跑，大湖名城霸气豪。
南站体魄高阔大，五湖四海人皆晓。
老翁常坐动车组，祈盼再坐复兴号。

土菜馆设宴

2017年10月19日,我坐动车到南陵县巡查水利工地,又到铜陵市巡查水利工地。晚上徐万福老总设宴招待,气氛热烈舒畅。但是我的老友林长生因逝世而缺席。

徐总设宴土菜馆,酒香菜肴美味鲜。
举杯想起林长生,今宵无缘共进餐。
酱香郎酒无人饮,洒向碧空落九泉。
老弟阴府若知晓,定会喜悦笑开颜。

青阳聚会

2017年10月27日,巡查升金湖生态治理水利工程,绕道青阳县水利局,拜访原副局长苏德友、局长左贵友、总工宁忠心、江总监等水利老友,大家在众桓饭店相见,格外亲切。

水利老友聚青阳,开怀畅饮情激昂。
国家大事尤关心,席间言论话无疆。

赞升金湖生态建设

2017 年 6 月至 10 月,我与陈海东总经理两次巡查池州市升金湖生态治理水利工程。由于各级重视,要求严格,我观之很有感慨。

升金湖位长江畔,风吹碧水波浪翻。
众多候鸟栖息地,繁异鱼儿游得欢。
湿地建设下功夫,广袤安徽遥领先。
生态文明建设好,璀璨明珠耀江边。

游崔岗和科学岛

2017 年 10 月 29 日(28 日重阳节次日),乐曙东、蔡丽陪我与夫人乐家芝补过重阳节。我们驱车游玩崔岗艺术村就餐于农家乐,之后参观久负盛名的董铺湖畔的科学岛。

一

柏油曲径通崔岗,两边满眼艺术房。
店铺林立农家乐,饭菜纯正美味香。

二

董铺湖畔科学岛，高新技术世界骄。

风景秀美宜居地，安全防线要筑牢。

暮 年 聚

2017 年 10 月 31 日，我在博物馆隔壁宝岛饭店宴请郑敬道、耿光宽、吴子波、孙业藩、卢卫峰、周振东、左声平、陈杰等老同志。

重阳登高好望远，暮年相聚酒桌欢。

人到晚年思故友，梦中常忆既往篇。

赞方志宏

方志宏同志是 1982 年从合肥工业大学水利专业毕业的。他曾在马鞍山市水利办工作，后任农委主任、当涂县县长，援藏三年（任山南地区常务副专员）后任马鞍山市副市长、省水利厅副厅长、蚌埠市委副书记、省政府副秘书长、省水利厅厅长等职。

胸怀若谷方志宏,当涂县域留美名。

西藏山南有足迹,建设边疆立殊功。

蚌埠新貌藏汗水,清正廉洁听民声。

转战水利务本行,轻车熟路硕果丰。

梁昌全老师

梁昌全老师是水校老师,亦是我的校友。他先在水利厅工作,后到省电力公司工作。他为人爽快热情,助人为乐,是我学习的榜样。2017 年 11 月 2 日,他应我之邀到办公室相见,我们畅谈人生,其乐无穷。

欣见恩师身体健,学生理真内心欢。

数年未见常思念,相逢恨晚话无边。

赞刷脸技术

最近中央电视台、省电视台报道全国各地机场、高铁站,公交车站正在试验刷脸技术安检。我闻之,非常振奋,该技术是高科技。

刷脸安检技艺高，旅客通过快又好。
中华大地普遍用，神州安全防线牢。

老翁感慨

2017年11月2日，秋高气爽，风和日丽，我与夫人乐家芝受朋友邀请，游大蜀山。巧遇山下老翁，眉飞色舞谈合肥巨变。我闻之，感慨良多。

童年遥望大蜀山，云雾缭绕奇妙变。
老翁乐居山脚下，清晨锻炼攀山巅。
登顶极目庐州城，高楼林立刺云端。
昔日堪称城外景，今朝已是城中山。

蜜 蜂 颂

蜜蜂精神可嘉，春天百花盛开时，是蜜蜂最繁忙的季节。不论是平原、丘陵，还是高山，只要有花，都有它们辛勤劳动的身影。

既喜平原亦爱山，只要有花就敢攀。

忙采百花酿成蜜，欣为人间做贡献。

赞许峰同志

许峰同志是部队转业干部，在庐江县委组织部工作多年。后任盛桥区委书记多年，又转任城关镇委书记，县政法委书记，县人大副主任。退休后协助陈龙长同志创办老年公寓有功。

耿直豪爽名许峰，部队熔炉炼精兵。

转业地方做贡献，盛桥转战庐江城。

协助县委赴前沿，处事果断留美名。

老年公寓璀璨闪，鞠躬尽瘁为大众。

金传洲与邓永久

2017年11月6日，本公司在水利厅食堂设宴招待高速公路监理公司陈传明、杨冬林、田凯等几位领导，并邀请邓永久、金传洲两同志作陪。

酒桌围坐话别情，开怀畅饮友谊增。

传洲永久真豪杰，两翁对决逞英雄。

王效春校友

2017年11月8日，我与陈海东总经理巡查当涂县水阳江治理胡杨段工程。该工程的混凝土护坡工程，质量好，外观美。此标段是王效春校友负责的，我感到欣慰。

水校校友王效春，施工监理尤认真。

护坡质量标准高，不愧江淮监理人。

游一叶舟生态农庄

2017年11月9日，我与陈海东总经理趁巡查水利工程之余，在戴自明副市长、江秘书长、陈步超、陈军等同志陪同下，游玩巾帼精英张萍同志创办的马鞍山市一叶舟生态农庄并在此就餐。

一

巾帼精英名张萍，创办农庄传美名。

五谷丰登鸡鸭肥，老翁登临诗兴增。

二

贵客雅室掼蛋玩，鸡鸭塘鱼烹饪鲜。

围桌品尝菜肴香，酒足饭饱返家园。

民生工程

2017 年 11 月 9 日，我与陈海东总经理参加吴正声主持的当涂县水阳江治理工程图纸技术交底会，参建单位认真负责，会议气氛紧张热烈，大家情绪激昂，有奋战到底的气概。

民生工程重如山，参战各方齐奋战。

按质按量按时完，誓争早吃庆功宴。

梦见老母

2017 年 11 月 10 日，我与夫人乐家芝游庐江县长冲谷，夜宿中心城陋室。梦回故乡赵营庄老房子，见到年迈的老母在聊天，真是喜出望外，醒来是南柯一梦。

夜深人静梦未休，残阳落山思母愁。

与母故宅喜相逢，白头老母泪潸流。

娇儿心酸欠尽孝,跪拜慈母频叩头。

人生忠孝难两全,国事为先美名留。

巧遇怪事

2017年11月15日,我下班路上,巧遇节俭老妪(76岁)把扔在路边的一袋各式半新男女鞋捡起,准备拿回家穿。而在一品鲜超市内又遇泼妇闹店,我心生感慨。

一

半新好鞋弃路边,巧遇老妪捡回穿。

节俭教育任重远,持家勤俭应为先。

二

又遇泼妇闹店堂,众人围观更逞强。

谁家养育无才女,父母颜面尽丢光。

忆水校读书

1959年秋,我背破被絮到安徽水利电力学校报到。住在大殿里,床上铺的是稻草或麦秸,盖的是破被絮。温饱未解决,更感到饥寒交迫。张敏昌同学勤奋，做饭菜是好手，我俩经常到怀远县郊区捡苤蓝菜根煮吃，坚持4年直到毕业。毕业后我俩又同在庐江县水利局工作多年。

一

四年寒窗口难言，饥寒苦读度日艰。

勤奋耕耘结硕果，成绩班级紧靠前。

二

捡吃苤蓝根充饥，佯装无事严保密。

苦难之交感情深，牢不可破兄弟谊。

逛街见闻

2017年11月19日，我逛曙光路北段，见一对靓丽男女边走边吃食物，剩下的弃在路边，一男童捡起怒对男女，老翁见状喜也。又见到共享单车乱放，挡住人行道，老翁叹也。

一

靓丽男女垃圾扔，环卫工人内心痛。

男童顺手速捡起，老翁见状尤高兴。

二

共享单车无序放，行人路径被阻挡。

享用人们多思量，社会公德应发扬。

暮年游

我从事水利工程监理工作多年，巡查工地时常遇见当年当权的同事，经常谈论在职时出国旅游之事。回想我的经历，当权时只知工作，退休了自费旅游，其乐无穷。

昔日经历不足夸，静坐陋室思无涯。

当权公费未旅游，暮年自费逛天下。

忠告

最近几年，城市兴起外卖、快递专业，外卖小哥、快递大哥驾车不管是红灯还是绿灯，横冲直撞。老翁看在眼里急在心里，如果发生车祸那就太惨了。

一

外卖小哥驾车狂，横冲直撞太急忙。

诸多车祸惨下场，遵规谨慎免遭殃。

二

快递大哥紧跟上，驾车奔驰不慌张。

车祸惨状无暇顾，哥俩比赛看谁棒。

人生再悟

我1963年毕业分配在庐江县水利局工作19年，参加了舒庐干渠建设和海军国防1400工地建设。1977年参加中国援助多哥农技组，任水利专家。1982年起在县政府工作8年。1990年任水利厅水政处副处长。1992年任安徽省机电排灌总站主任。1999年退居二线后，任安徽江淮水利建设监理有限公司副总经理。2007年公司换届，被选举为董事长兼总经理至今。闲暇时学习作诗，现已赋诗千首，家庭幸福美满。

知足常乐诸事轻，琢磨格律赋诗情。

务实苦干丹心献，官位无意弃浮名。

烟雨朦胧风云变，无私无畏笑颜迎。

阖家欢乐甜度日，健康美满长寿星。

附录

写在理真《草根三集》出版之际

历时三个月读完理真《草根集》《草根续集》《草根三集》和即将出版的三十六万字的《絮语人生》，我心潮澎湃，感慨万千，情绪激荡，浮想联翩。他出生在穷乡僻壤、交通闭塞的乡村，祖上几代，都是面朝黄土背朝天，老实巴交，一无文化，二无社会关系的纯朴善良的农民。贫苦的家境，从小就锤炼他成为一个能吃苦、爱劳动又懂事的孩子。这又养成他坚韧不拔、为真理勇于直言的性格。在儿童时代，他就立志从事水利事业，为人类造福。

理真为了实现自己的宏伟志愿，小时候读书特别用功，成绩一直在班级前几名，后来他以优异成绩顺利地读完小学、初中、中专，并函授学习河海大学河川专业，令广大师生刮目相看。

他于 1963 年从安徽水利电力学校毕业后参加工作，在水利事业中拼搏 40 多年。主编《水泵与泵站》一书，组织编写《变电与配电》《电动机与起动设备》教材，由安徽科技出版社 1999 年出版发行；编著《泵站工程经营管理》一书，由安徽科技出版社 2014 年出版发行。他主持研制 GDR 型电流加热烘干装置，获得国家产权局专利权，参与斜拉式潜水电泵的研制并设计自耦装置，为安徽水利做出了一定的贡献，成为一名功成名就而又十分廉洁的人民好干部。

理真的品质、人格、作风、精神、知识、本领以及能力，令我对他赞叹不已，故赋诗40余首，借以抒发感慨，表达内心之激情。理真，学水利专业，有扎实的数学功底，开始对诗词毫无兴趣，只是退休后从事监理事业走南闯北，搜集了大量赋诗的题材，经过艰苦学习，十几年来作七言诗近820首，实属高产丰收。从《习作诗》和《暮年乐》2首诗中，可见理真在诗歌方面下功夫之深和虚心好学的精神。

他60岁学习电脑，外孙陈大成当小老师。与此同时，他开始学作诗，其间得到庐江县许泽生同志的帮助和鼓励，坚定他习作诗的信心。

习 作 诗

半路出家习作诗，岁过六旬未觉迟。
三更半夜开电脑，百度文库校妙词。
九州大地结诗友，拜师求贤多学习。
老牛自知夕阳短，不用扬鞭自奋蹄。

他在主持公司繁忙工作时，才忙里偷闲看了诗词的书，特别是《诗韵新编》。他半路出家，开始学写点小诗，更珍惜晚年时光，每天都在陋室琢磨、推敲诗韵和对仗，他感到了乐趣！

暮 年 乐

慢步轻举疾走难，足显豪情腿欠健。
心欲力壮身懒软，举止昭示已暮年。
细察人生奋斗篇，满怀诗情赋笔端。
桑榆夕阳晚霞闪，琢磨仗韵趣无边。

人就要活到老，学到老，奋斗到老，才能以昂扬的姿态，豪情满怀地沿着人生归宿之路，走向光辉的顶点。理真是灵璧县南汤氏家族第一个援外水利专家,为此汤氏家族感到光荣、骄傲和自豪!

理真对子女要求很严,言传身教。大女儿汤晓红是合肥市中级人民法院法官;二女儿汤咏琴是安徽江淮水利建设监理公司的副董事长兼财务总监;儿子汤砺锋是上海东方卫视总编室主任,曾援藏三年,担任日喀则地区广电局副局长兼电视台台长,他不畏艰苦在援藏期间贡献突出,于2016年被选为上海市“五四奖章”标兵,实为创二代。

祖卧福地

风水大师擎罗盘,勘察墓地掐指算。

祖卧龙脉珠宝地,人财两旺世代传。

理真的祖父于1941年去世,老实巴交的父亲,不知怎样办理后事。幸亏其舅舅请来一位姓秦的风水大师勘察墓地,经过认真仔细的掐指神算,终于寻找到一块风水宝地安葬了祖父。第二年,理真出世,全家人及亲朋好友都很高兴。

大家都说理真的祖坟,果真是一块风水宝地。理真几十年来的水利工作成绩突出、业绩辉煌,一路从工程师、援外专家、正县级干部,走到离任后组建安徽江淮水利建设监理有限公司任董事长兼总经理。他夫人是退休干部,孙子汤恭恪活泼可爱,三世同堂,其乐融融,真是一个幸福和谐的温馨之家。但理真对风水宝地之说持怀疑态度,他认为这是迷信。

好男儿

少小求学意志坚,备受艰辛不畏难。

品学兼优人夸奖,双亲培育好儿男。

理真11岁还未上学,因为家穷无劳力干活,父亲母亲不让他读书。在同龄孩子的鼓励下,他私自到学校读书,父母要求他每天割草喂牲口,才同意他上学。由于理真勤奋,特别用功,初小4年课程2年读完,并在1956年秋考上汤庙小学五年级。学校离家3公里,他早出晚归,吃干馍喝凉水,从不叫苦。他在汤庙小学一直成绩优异,被评为“三好”学生,庄邻老少齐声夸奖理真是个好孩子,父母亲当然高兴。1957年暑假,他顺利考取灵璧县固镇初级中学(当时固镇是灵璧县的一个区),1959年初中毕业,又考取安徽水电学校。工作后考取南京河海大学河川专业函授本科学习。

主持正义

应付检查齐出动,红旗漫卷“跃进”风。

直言仗义治歪风,惹来灾祸心不惊。

1960年理真回家度暑假被生产队招呼去给队里干活,应付检查。当时社员们吃不饱,小队干部还叫喝号子,壮声势迎接检查组。中午检查组浩浩荡荡的自行车队伍来了,社员们没命地干活,博得了他们的好印象,他们连车子也未下,就一溜烟地走了。极“左”年代干部就是这种工作作风。过了中午,社员们饥肠辘辘,实在不能干了,还是不吹哨放工。有一个精神不正常的妇女,扒了一个手指粗的白芋吃,小队会计拿起棍棒朝她没命地劈头盖脸打起来。那个妇女满嘴流血,疼痛难忍,几十个社员没有一个敢吭声的。理真实在忍不住了,就站出来理直气壮地指责这个干部的野蛮行为。广大社员都为理真主持正义的行动暗暗叫好,但也为他捏把汗——得罪了干部会惹来大祸的。果然,小队会计报告了队长,队长指使食堂不给理真家人打饭,还扬言要批斗他。而理真心里十分坦然,毫不畏惧,他坚信自己的行动是正义的，善良的人民会支持的。

好人马献成

同窗共读结友情，别后五载各西东。

今日有难偶邂逅，化险为夷尤感动。

正当广大社员为理真的命运担忧时，生产队干部却在密谋惩治他，准备以反对“三面红旗”之罪名上报，置他于死地。有一天时任王集大队书记的马献成巧遇理真，留其到生产队食堂以精米细面招待。晚上献成还派人买来好多鲜鱼，带着麦面到理真家做饭吃。社员看见了，干部看见了，全庄老少都看到了，一齐说马书记是理真的好朋友。于是小队干部来了个大转弯，不仅不批斗理真，还到他家拜访道歉，十分客气。之前趾高气扬的模样，立即烟消云散了。多亏马书记的出现，一场即将到来的批斗避免了。理真知恩图报，几十年一直和献成保持友好关系，彼此亲如手足，他还教育下一代也不能忘掉献成的恩情。

给父亲治病

（一）

父亲体弱重病患，加急电报催儿返。

徒步飞奔百余里，路途艰辛对谁言。

（二）

家境贫苦日月寒，为父治病哪弄钱？

多亏好心人指点，孝心感动救灾办。

（三）

父亲及时住进院，医生精心细诊断。

对症用药效果好，病情好转笑开颜。

（四）

父亲病愈皆欢喜，返校备考心着急。

囊中拮据难乘车，挚友资助解难题。

1963年4月，理真接到父亲病重的电报，狂奔100多里路到家，见到苍白的父亲有气无力的神情，心中十分悲伤。他立即送父亲到县医院治疗却没有钱住院，好心人提醒他到县救灾办说明情况，还好救灾办开了个介绍信，父亲才住进医院。经过医生的诊治，不几天病情好转，父亲恢复了健康出院了。理真十分高兴，马上返校复习迎考，到灵璧汽车站才发现自己连五角钱的票钱都没有。正在犯愁时，又碰到马献成给了理真五块钱才解决返校的路费。多少年后，每每理真提到此事时，感激之情油然而生，念念不忘好友在他最困难时的解囊相助之情。

两　地　情

生养之地灵璧县，故乡水土永怀念。

庐江大地汗水洒，二十七载青春献。

庐　江　吟

（一）

青春智慧献庐江，水利工作日夜忙。

严寒冰霜何所惧，酷暑岂顾汗水淌？

（二）

足迹踏遍潜川地，为民办事心全意。

感情深厚庐江人，诚恳真挚讲义气。

理真常说是家乡的水土养育了他，父老乡亲的关怀帮助了他，他永远眷恋着家乡的故土，永远惦念家乡的父老，尤其对自己的父亲、祖父永远怀念。现在他年已花甲，还每年几次返乡探望庄邻老少、亲朋好友。尽管他的儿女全家都在上海、合肥居住,但仍然怀着深厚的思乡之情。

理真在庐江工作27年,和那里的干部人民结下了深厚的友谊,他永远不会忘记他的第二故乡——庐江。他从一个普通的技术员,一步一个脚印,扎扎实实、认认真真地工作,逐步升为水利局副局长、副县长、常务副县长、省水利厅水政处副处长、安徽省机电排灌总站主任,获工程师、高级工程师等技术职称;退休后又被聘为安徽江淮水利建设监理有限公司副总经理;2007年公司换届,他被选为董事长兼总经理。

理真在庐江27年的主要功绩有:在水利局工作期间,治理境内河流罗埠河、石头河、泥河、罗河、盛桥河等十条河,绿化潜山大地,使庐江县老前辈打下的林业基础工作一直是全省的先进典型。1988年小矾矿塌方几个民工被埋,理真亲临现场,指挥抢救、处理事故,使事件妥善解决。参加舒庐干渠规划、设计、指导、施工和管理,行洪破坝保护杨柳圩人民生命财产,参加石大圩抢险,参加1400工地国防建设,援助非洲多哥国家建设,等等。

理真在任副县长分管农业的5年时间里,治理大小河流十条,建大小水坝100座,建泵站40座,大小水库10座,蓄水5000万方,保护农田40万亩。新建改建汤池中学、白山中学、金牛中学,又大办职业技术教育,培养了大批技术人才,给省内外提供了大批的技术骨干力量。

舒庐干渠

舒庐干渠工程大,勘察设计细规划。

自流灌溉百万亩,两县人民乐开花。

1965年理真接受了舒庐干渠工程规划设计工作。他精心测量、定线,指导施工,花几年时间费尽心血,流了好多汗水,冒着严寒的侵袭,完成了舒庐干渠工程,解决了丘陵地带灌溉的水资源问题,保证了农业的丰收。现在庐江舒城两县人民仍念念不忘当年为干渠工程付出心血和汗水的参战的同志。2014年在庐江县委王民生书记的重视下,庐江县完成了《水利传奇》专题片的拍摄和《长渠当歌》一书的出版,歌颂舒庐干渠的丰功伟绩。

破坝行洪

省委决定似春雷,破坝行洪不能违。
一声令下如山倒,转危为安杨柳圩。

1983年7月正值梅雨季节,特大暴雨在江淮之间下个不停。庐江县大小湖泊水位陡涨,时有破堤危险。省、县领导多次检查水情,然后决定白湖农场东大圩破坝行洪,确保庐江县杨柳圩的安全。理真冒着生命危险亲临第一线,指挥破坝行洪,确保杨柳圩人民的安全。当地的老百姓齐声感谢共产党,夸赞理真是人民的好县长。

大圩抢险

大圩抢险第一线,日夜巡查险情段。
塌方恐怖无所虑,生命财产保安全。

庐江县第二大圩——石大圩保护面积60平方公里,耕地面积54000亩。1983年7月,巢湖中庙水位已达12.1米,沿湖各圩都有溃堤可能,石大圩情况特别紧张。理真和县委王植才书记日夜巡查各个险段,走访1500名守堤民工,发现问题及时解决,给老百姓壮胆,增强守堤信心。在大堤部分塌方的关键时刻，理真和县委几个同志齐心协力，冒着生命危险指挥民工奋力保住了大圩。人民生命财产没受损失。

1977 年省外事办意见，庐江县委常委通过多次考察，选拔决定派理真出国支援非洲国家多哥为期 2 年的水利建设工程（理真时任庐江县水利局副局长）。

援非建设

（一）

出国援外最光荣，专家教授选精英。
肩负重任离祖国，援助多哥显才能。

（二）

深情返乡探亲人，年迈二老最伤心。
千里迢迢难相见，骨肉离别泪湿襟。

（三）

出国纪律十分严，举止行动不随便。
处处谨慎勿妄为，祖国荣誉记心间。

庐江县委常委研究批准理真出国援外之前，县委组织部门派人前往灵璧赵营庄调查理真家庭政治状况，得出其祖父和父亲都是历史清白，没有一点劣迹的老实巴交的纯朴、善良的农民。1977 年出国前，县领导批准理真回家探亲。灵璧县委得知也感到光荣。两地领导乘小车到赵营庄，偏僻的小村庄沸腾了。理真出国了，他是家乡人民的光荣，灵璧县的光荣，更是年迈的祖母、母亲的光荣。她们培养出一个有出息的孩子。但出国毕竟离家太远，骨肉分离，二老舍不得，流下了伤心的泪水，母子恋恋不舍。

理真出国后，经常写信回家问候祖母和母亲。在多哥 2 年时间，他处处为祖国荣誉着想，在工作中施展才能，在生活中和那里的人民结下深厚的感情，胜利地完成任务，光荣地凯旋。

任副县长

组织任命副县长，人民信任最荣光。

励精图治汗水洒，披肝沥胆斗志昂。

1982年庐江县委，根据理真长期的工作表现，结合在水利技术理论知识水平和各方面的能力，综合考量，决定提任他为副县长。又于1987年升任常务副县长。在县长的职位上，人民的信任让他感到十分光荣，所以理真励精图治、披肝沥胆、斗志昂扬地工作在庐江的大地上，洒下了不知多少的辛勤汗水，付出了难以估量的心血和劳累，受到了百万庐江人民的好评和尊敬。

长乐挂职学习

长乐挂职学经验，庐江经济促发展。

两县友好感情厚，携手并肩齐向前。

1985年省委决定，选派一批县级干部到沿海县市挂职锻炼学习经济工作经验，时任庐江县分管农业的副县长的理真被选上。1985年7月，他赴福建省长乐县挂职，长乐素称“鱼米之乡”，地理环境十分优越，经济和教育事业特别发达，最后庐江、长乐结为友好县，彼此学习经验，共同促进两地的经济发展，特别是庐江在学习长乐经验后，经济得到迅速发展。两地干部、人民结下了深厚的感情。以后多年，两地的老同志仍相互走访，关系密切。

水政工作

农业命脉水资源，科学用水细打算。

执行水法无折扣，排涝抗旱保安全。

1990年9月，理真调任省水利厅水政处副处长。他首先协助王瑞琛同志大力宣传水法，保护水资源。然后大规模地进行水政建设，向全省下达文件，颁发了水资源的管理使用办法，保证了水的合理使用，避免了水荒的发生。

1992年理真任安徽省机电排灌总站主任，他善于调查研究，专业精深的他深知泵站工程对安徽省农业保障工程的重要性，所以一刻都不敢懈怠。时刻以“反躬自问”的态度进行自我解剖，时刻遵循“老牛自知夕阳短，不用扬鞭自奋蹄”和“处事无求梦不惊”的格言办事！

他考察基层泵站，泵站职工给他戴“丐帮帮主”的桂冠。他就以此为由，争取泵站技改经费，使基层泵站职工有事做并得到创收。他严格控制总站进人并组织职工创收，增加福利，立志尽快抛掉“丐帮帮主”的帽子，有诗为证。

情 系 泵 站

受命总站志气高，精心运筹细研讨。
严控进人多创收，泵站职工换新貌。
荣膺乞主引自豪，鞭策我等快马跑。
众志成城齐拼搏，乞丐桂冠抛云霄。

在时任省人大常委会主任孟富林同志的关心下，在时任省人大农村工作委员会李济德主任的支持下，全体泵站同人顽强拼搏，争取泵站技改经费1500万元，确保3300万亩农田旱涝保收。此事让泵站职工受到很大鼓舞，他们的福利待遇亦有增长，职工精神面貌有了很大的变化！

1998年水利厅党组研究决定，让理真退居二线，他顿感轻松。可是还没轻松多久，老领导又要他从事水利工程监理工作至今。

泵　站　情

雷电交加雨后晴，漫步大道观苍穹。
离岗方知无官轻，振兴监理赴征程。
赞誉声中多自勉，几年耕耘事有成。
祈盼雄才接重任，排灌泵站新辉增。

从理真《情系泵站》《泵站情》这2首诗足以看出他对泵站事业的情怀极深，想在泵站岗位干到退休，为夯实泵站基础贡献绵薄之力，却不能如愿的遗憾！

廉洁自律

上缴礼金若干钱，两袖清风称模范。
自律廉洁品高尚，留得丹心在人间。

从理真任省机电排灌总站主任到1998年9月6年多时间，本着廉洁自律的宗旨，他严格要求自己，干干净净做人，尤其是上缴礼金和技术服务费1万多元，深受广大干部职工的好评。他笃信“钱多损志”的名言，并以此教育子女。现在他的三个子女都在要害部门工作，权力大、事务多、接触人广，有意无意中就能得到实惠，捞到好处。但他们在父亲的熏陶下，个个保持清正廉洁的品质。在缤纷复杂的环境中，站稳脚跟，牢牢把握住自己，为事业勤勤恳恳，忠诚地贡献全部青春。

蒙受冤屈

（一）

光明正大胸坦荡，何惧群丑乱诽谤。
心地无私腰杆硬，立地顶天傲雪霜。

（二）

笑看免职风波起，挖空心思寻证据。
淮北江南均跑遍，毫无所获泄了气。

（三）

真金不怕火来炼，身正不怕影子歪。

为人不做亏心事，半夜不怕魔鬼来。

理真在任省机电排灌总站主任期间是尽责尽职，半点马虎都没有，广大职工干部心知肚明，拍手称赞。在大量的经费使用方面，却引起几个别有用心人的怀疑，先是审计，没有发现什么问题。然后又组织调查组赴宿州、淮北、淮南、马鞍山、巢湖等地调查。他们每到一地当地职工都异口同声地反映理真没有任何问题，并肯定了他的成绩。调查组还遭到各地的白眼，受到冷落和讽刺，他们像泄了气的皮球一样悄悄地无功而返。1998 年 8 月，省水利厅党组以班子不团结为由，将理真免职。但理真对此十分坦然，据理驳倒少数几个行为丑恶的人。

沉痛教训

（一）

市场经济乱纷纷，真假好坏不易分。

甜言蜜语耍伎俩，上当受骗吸教训。

（二）

知人知面不知心，知山知水不知深。

知己人说知己话，知己害了知己人。

1993 年 7 月，安徽省机电排灌总站下属科威公司巨额资金被骗。理真想方设法，费尽心血，做了许多艰苦细致的工作，多次与公安部门联系，通过当事人调查取证，由合肥市公安局与上海市公安局密切合作，经过多次的侦察破了此案，将三名犯罪嫌疑人抓获并关押七个多月，追回被骗金额 150 多万元，但总站仍损失 28 万元。这一惨痛的教训，使他增长了以后防范坏人的知识的本领，提高了识别真假的能力。

创办监理公司

（一）

公司成立九九年，觅寻市场实为艰。

科学管理优质创，皖浙大地全跑遍。

（二）

工程监理前途艳，为国效劳做贡献。

老有所为发余热，夕阳光辉更璀璨。

为了发挥老同志的余热并使下岗人员能够重新发挥技术力量，理真带头组建了安徽省江淮水利建设监理有限公司，希望能为国家创造财富，为水利部门职工谋福利。1999 年 11 月经省工商局批准公司成立。2000 年理真任副总经理，2006 年 6 月公司换届选举，理真成为法人代表任董事长兼总经理。

安徽江淮水利建设监理有限公司成立后，认真执行国家有关政策和规定，公司经营宗旨是“三个控制质量关第一，按章办事首税法为先”，坚持科学管理优质服务。除本省水利、高速公路工程外，在浙江、广东、上海等地也有工程监理任务。其监理资质不断升级，取得了明显的经济效益，得到了水利部的肯定和表扬。

到 2016 年底，该公司向税务部门交纳企业营业税 450 万元，企业所得税 48 万元，个人所得税 25.5 万元，总共交纳税金 608 万元，先后接纳 30 多名大中专毕业生就业，聘任离退休老同志 10 多人。这是非常明显的经济效益和社会效益。

为王兴章鸣冤

（一）

一心为民好干部，功劳累累众拥护。

拼搏奋斗十五载，群众踏上致富路。

（二）

祸从天降“莫须有”，执法部门为何究？

证据不足定下罪，制假冤案谁为首？

（三）

上访之路整三年，坎坷曲折历辛艰。

衷心感谢执法官，撤销原判现青天。

灵璧县黄湾镇井王村王兴章在任村书记期间成绩斐然，年年都在中央及省、市媒体多次报道宣传，王兴章本人多次受到县镇嘉奖。2001 年王兴章突遭灾祸，莫名其妙被县公安局晏路刑警中队以“谈话”为名送到县看守所进行刑事拘留，受到人身摧残七天七夜。2002 年 3 月灵璧县人民法院以“犯职务侵占罪”判处王兴章有期徒刑 1 年 6 个月，王不服上诉，宿县地区中级人民法院审理后维持原判。2002 年理真回家得知这一情况，回合肥后找省领导和有关部门，找名律师为其辩护申冤。王兴章本人走上了漫长辛酸的上访之路，理真全力以赴，从经济上给予大力支持，在全国人大、全国政协、中共中央办公厅、国务院办公厅、最高人民法院、最高人民检察院的过问下，2003 年秋省高院指令宿县地区中级人民法院将二审卷宗报省高院重审。在律师有力有理的辩护下，2005 年 11 月宿县地区中级人民法院改判王兴章无罪，撤销灵璧县人民法院（2001）灵刑字第 193 号刑事判决。王兴章经历了 3 年零 3 个月的上访，终于洗刷了不白之冤。

捐 资 助 学

电视报道引共鸣，困苦求学出精英。

慷慨解囊乐相助，庐江灵璧传美名。

理真在2008年8月看安徽省电视台，《第一时间》报道：利辛县一个农民的孩子以优异的成绩考取了国家重点大学。他的父亲在离家百里外的凤台县靠捡破烂挣钱维生，每月只能给他200元生活费，在校10个月，一年是2000元。但是每月200元的生活费，孩子还有节余，而且该生非常勤奋好学，艰苦奋斗，成绩名列前茅。此报道引起理真对童年艰难困苦求学之路的回忆，产生了共鸣。他把自己想资助贫困学生的想法告诉了夫人乐家芝及大女儿汤晓红、二女儿汤咏琴，还有在上海东方卫视工作的儿子汤砺锋及儿媳妇王芳，他们都认为这是一件很有意义的事，给予了肯定和支持。

2008年9月，在宿州市教育局王共伟局长的重视下，在灵璧县教育局刘峦斌局长、灵璧中学王善民校长的操办下，理真首先在灵璧中学800多名高一学生中选拔了8名学生，在泗县五中选拔1名学生。2008年10月，在时任庐江县县长王民生同志的高度重视和支持下，在县教育局江守舜书记和钟校长的具体操办下，理真又在庐江中学900多名高一学生中选拔16名学生，庐江县汤池中学1名。从近2000名的高中一年级学生中选拔出的这26名学生，由理真以奖学金的形式给予帮扶，每人扶持三年共6000元，26名学生共15.6万元。经过几次座谈会与学生的接触，理真总感觉到他们都有自卑的情绪，甚至抱怨老天爷对他们不公平。在此情况下，理真给26位同学写信，以坚定他们的学习信心和勇气。

“你们不是认为自己很穷吗?”理真语重心长地说,“我认为你们不穷而且很富有！穷这只能说你们经济拮据,但是你们的艰苦奋斗、顽强拼搏精神是值得赞扬的,这是精神的财富。贫寒能磨炼人的意志,贫寒对一个人来说是好事不是坏事。我们应坚信,寒梅花更艳,雪压溢清香。你们家庭贫寒是暂时的,只要有坚韧不拔的毅力,加上持之以恒的刻苦学习,三年寒窗苦,成绩名列前茅,考上名牌大学,你的人生道路也就改变了,甚至可能成为国家的栋梁,你们的前途无量！我们应该坚信有志者事竟成的道理。”在理真的鼓励下,26 位同学都考取了大学。

看望周光全

一

昨日脚踏巢湖巅,今朝囚禁马鞍山。
老友相见泪满面,心中往事起波澜。
悔恨平时缺自律,感谢苦口良药丸。
池鱼怀恋游古渊,羁人常思家温暖。

二

当年身为巢湖王,重权在握易张扬。
童年苦难全忘光,为民宗旨弃汪洋。
身外之财如猛虎,美女投怀色似狼。
东窗案发噩梦醒,悲叹老母断肝肠。

理真于 2010 年 4 月 13 日从合肥市辗转到滁州市来安县,参加车冲水库工程监理例会。他谢绝水利同人的挽留,在戴自明副市长的陪同下,专程到马鞍山市看望羁押在监狱里的,曾共事 3 年的原巢湖市委书记周光全,“周光全案”对理真震动很大,他久久不能入睡,沉思颇多,百思不得其解。

他认为:人生如梦,人生如戏。每个人都有各自不同的人生,几十年的人生风雨,总结经验教训是,人生建立好温馨和睦的家庭是基础,奉公克己是本钱,培养教育好子女是关键,晚年享受天伦之乐是必然,这是人生的真谛和规律。人生的三部曲,都非常重要,哪一步都要谨慎、小心行事,哪一步走不好,有些闪失,都将造成晚年天伦之乐不乐,甚至无天伦之乐而言,更甚至可能铸成晚年的悲伤和痛苦。

他还认为人生道路虽然坎坷不平,有时充满荆棘,但是面对这样恶劣的环境,只有始终把握住“身外之财莫伸手”的底线,才能立于不败之地。只有保持知足常乐的心态,才能看庭前花开花落,只有对官位无意,才能观长空云卷云舒!

天 伦 之 乐

和谐温馨小家庭,三世同堂乐融融。

聪慧子女成大器,国家栋梁称精英。

理真于1969年和夫人乐家芝结婚,建立了和谐温馨的小家庭,夫妻和和睦睦、恩恩爱爱。在各自的工作岗位上,尽职尽责努力工作,家里家外夫唱妇随,管理家务,教育子女,侍奉孝敬老人有条不紊,可谓风雨同舟、相依为命、白头偕老的模范夫妻。二女一子严格要求管教,个个成才,本科毕业,都在国家重要部门工作且身负要职,奉公廉洁。孙子汤恭恪活泼可爱。全家三世同堂,幸福和谐,天伦之乐妙不可言,浓浓血脉融入全家人的肌体,暖融融的气氛充满纯真之爱,实乃无比幸福之家。

理真梅、兰、竹、菊七言五言2首

(一)

寒梅生傲骨,雪压愈溢香。

风月摇竹影,扶疏见清心。

（二）

幽兰诗书味，墨香雅韵久，

菊花争妖艳，篱边留芬芳。

理真梅、兰、竹、菊七言五言 2 首

（一）

寒梅傲骨溢清香，风摇竹影沙沙响。

幽兰诗书墨香秀，菊花争艳留芬芳。

（二）

寒梅生傲骨，风月摇晃竹。

幽兰诗书味，菊花妖娆吐。

理真和夫人乐家芝以梅骨、竹品、兰韵、菊性来严格要求自己的子女，健康成长做个有骨气、品质好、学业深、本领强的人，成为国家的栋梁。对人民忠心耿耿，对工作鞠躬尽瘁，与人交往纯朴真诚，为官为政清正廉洁。子女小时候从不惹父母生气，长大还算争气，父母对他们非常放心，所以才有今天这个幸福的家庭！

观光旅游

居家三代兴致盎，踏遍青山心舒畅。

纵观自然景色美，尽情欣赏好风光。

理真于 2002 年退休后，先后任安徽江淮水利建设监理有限公司副总经理、董事长兼总经理。有充足的时间到外地参观游览，他经常带外孙们到外地旅游，领略祖国的大好河山，享受天伦之乐。

理真在庐江县水利局、县政府部门工作 27 年。以高标准要求自己，在工作中任劳任怨、勤勤恳恳、扎扎实实。辛勤的汗水洒遍了庐江大地，青春的智慧、精神、心血全部贡献给庐江人民，其足迹遍布庐江大地各个角落，为庐江的水利农业事业做出了卓越的贡献，给庐江人民创造出许多的财富。庐江的水利建设工程不少是他亲自设计，指导施工的。全县人民和他结下了深厚的感情，他对庐江人民贡献太大，庐江人民永远不会忘记他的业绩，永远会想念他！1990 年理真调水利厅水政处工作，在杨保珍厅长的指导下，与王瑞琛、何恩元几位志同道合同人，开创水政工作新局面。1992 年调安徽省机电排灌总站工作，在省人大孟富林主任的关心下，在省人大农经委李济德主任的支持下，经多方努力争取泵站技改经费 1500 万元，竭尽全力摘掉安徽省泵站“丐帮帮主”的帽子。退休后，他在安徽省水利建设工程监理有限公司任董事长兼总经理，靠顽强拼搏、坚韧不拔的毅力，江淮水利建设监理有限公司于 2007 年被水利部批准为水利工程甲级股份制民营监理单位。

汤义民于灵璧

2017 年 2 月 5 日灯下